先生们

鲁迅 等著

朝华出版社

图书在版编目（CIP）数据

先生们 / 鲁迅等著 . -- 北京 : 朝华出版社，2025.
7. -- ISBN 978-7-5054-5436-1

Ⅰ . I216.2

中国国家版本馆CIP数据核字第2025K6D721号

先生们

作　　者	鲁迅 等
选题策划	许婷婷
责任编辑	葛　琼
责任印制	陆竞赢　訾　坤
封面设计	呦鹿 阿漫
出版发行	朝华出版社
社　　址	北京市西城区百万庄大街24号　　邮政编码　100037
订购电话	（010）68995509
联系版权	zhbq@cicg.org.cn
网　　址	http://zhcb.cicg.org.cn
印　　刷	三河市嘉科万达彩色印刷有限公司
经　　销	全国新华书店
开　　本	880mm×1230mm　1/32　　　字　数　184千字
印　　张	8.75
版　　次	2025年7月第1版　2025年7月第1次印刷
装　　别	平
书　　号	ISBN 978-7-5054-5436-1
定　　价	59.80元

版权所有　翻印必究·印装有误　负责调换

出版说明

什么是先生?

先生就是黑暗中的灯火,是混沌中指引方向的路标。他们或在三尺讲台上传道、授业、解惑,或在学术殿堂中笔耕不辍,又或是在民族危亡之际挺身而出,以铁骨铮铮的脊梁,捍卫着国家的尊严与民族的气节。

他们虽身处不同的领域,却有着共同的担当与使命。他们以一腔热血,为国家的前途奔走呼号;他们用一生的坚守与奋斗,诠释着"先生"二字的真正内涵。梁启超、蔡元培、鲁迅、钱玄同、刘半农、高一涵、沈尹默、闻一多、杨振声、郑振铎、陶孟和……这些为了国家大义和民族复兴而砥砺前行的先生,每一位都足以让人心生敬意。

他们就是时代的缩影。

他们的风骨,让有志之士为之折服;他们的思想,让进步青年开始觉醒。

怀着对先生们的崇高敬意，我们特地策划了这本书，期望更多的人跟随着先生们的脚步，去追寻生命中的那束光，并把自己也活成光，照亮他人。

本书中所选的这20位先生，他们所生活的年代恰是国家发生巨变时。新文化运动的兴起，唤醒了中国的青年，他们开展了一场轰轰烈烈的文体改革。在这场改革中，他们倡导新文学的创作，致力于推行白话文。但这些白话文在遣词造句、语法结构、标点应用等方面均与我们现在所惯用的表达存在一定的差异。

基于尊重原著之考虑，本书在选取各位先生的文章时，最大限度地保持作品初版本的原貌，并将繁体字、异体字改为现代汉语规范用字，且参照其他版本对错别字进行校订，还望读者朋友们知悉。

由于编者水平有限，在编辑过程中难免有疏漏，敬请广大读者给予批评指正。

目录

梁启超：一位百科全书式的人物

少年中国说　　　　　　　　　　　003

学问之趣味　　　　　　　　　　　011

为学与做人　　　　　　　　　　　016

蔡元培：学界泰斗、吾辈之楷模

就任北京大学校长之演说　　　　　027

对于学生的希望　　　　　　　　　030

我在北京大学的经历　　　　　　　036

鲁　迅：影响中国一个世纪的伟大人物

狂人日记	049
孔乙己	062
故乡	067
中国人失掉自信力了吗	078

钱玄同：五四运动的急先锋

随感录（节选）	083
孔家店里的老伙计	086
青年与古书	090

刘半农：新文化运动的先驱

"作揖主义"	097
留别北大学生的演说	103
教我如何不想她	106
诗人的修养	108

高一涵：摇旗呐喊的文化斗士

共和国家与青年之自觉（节选） 115

沈尹默：新文化运动的得力战将

月夜 123

除夕 124

和青年朋友谈书法 125

闻一多：大师笔下的大师

时代的鼓手——读田间的诗 129

"五四"历史座谈 135

兽·人·鬼 138

杨振声：知人善任的"伯乐"

荒岛上的故事 143

郑振铎：向往光明的求道者

我是少年 　　　　　　　　　　　　153

暮影笼罩了一切 　　　　　　　　　155

陶孟和：人间清醒的学者

社会调查 　　　　　　　　　　　　163

吴　虞：中国思想界的"清道夫"

吃人与礼教（节选） 　　　　　　　171

张元济：中国出版业第一人

中华民族的人格（自白） 　　　　　179

孙伏园：20世纪著名的"副刊大王"

五四运动中的鲁迅先生 　　　　　　183

读书与求学 　　　　　　　　　　　186

辜鸿铭：捍卫中国文化的传奇人物

辜鸿铭讲论语（节选） 193

张伯苓：中国现代教育的一位创造者

以社会之进步为教育之目的 199

奋斗即是生活的方法 202

陶行知：伟大的人民教育家

学生的精神 209

学做一个人 212

教育的新生 215

方志敏：以身殉志的人民英雄

可爱的中国（节选） 221

恽代英：中国青年的楷模

青年与偶像 251

做人的第一步
——比研究正确的人生观还重要些的一个问题 257

怎样才是好人 261

曹伯韩：先进思想的引路人

"五四"以后的国故整理 267

国学与世界学术 269

你以为的梁启超：

- 不折不扣的爱国主义者
- 行走的百科全书
- 谦谦君子
- 刻板无趣
- 严谨
- 傲骨铮铮
- 犀利

梁启超　一位百科全书式的人物

实际上的梁启超：

- 最佳牌友
- 打麻将爱好者
- 书法达人
- 诙谐又有趣
- 纯粹
- 赤子之心
- 一字千金

梁启超

梁启超（1873—1929），字卓如，号任公，又号饮冰室主人。

他不仅是中国近代史上著名的思想家、教育家、政治家，还是一位享誉海内外的学术大师。

1895年，他曾与康有为一起联合各省举人发动"公车上书"运动。1896年，黄遵宪等人办《时务报》，梁启超受邀任主编，并发表了《变法通议》《论中国积弱由于防弊》等文章来宣传变法。代表作品有《中国近三百年学术史》《中国历史研究法》《饮冰室合集》等。

少年中国说

日本人之称我中国也,一则曰老大帝国,再则曰老大帝国。是语也,盖袭译欧西人之言也。呜呼!我中国其果老大矣乎?任公①曰:恶是何言,是何言,吾心目中有一少年中国在!

欲言国之老少,请先言人之老少。老年人常思既往,少年人常思将来。惟思既往也,故生留恋心;惟思将来也,故生希望心。惟留恋也,故保守;惟希望也,故进取。惟保守也,故永旧;惟进取也,故日新。惟思既往也,事事皆其所已经者,故惟知照例;惟思将来也,事事皆其所未经者,故常敢破格。老年人常多忧虑;少年人常好行乐。惟多忧也,故灰心;惟行乐也,故盛气。惟灰心也,故怯懦;惟盛气也,故豪壮。惟怯懦也,故苟且;惟豪壮也,故冒险。惟苟且也,故能灭世界;惟冒险也,故能造世界。老年人常厌事;少年人常喜事。惟厌

---

① 任公:即梁启超,"任公"是他早年给自己取的号。

事也，故常觉一切事无可为者；惟好事也，故常觉一切事无不可为者。老年人如夕照，少年人如朝阳；老年人如瘠牛，少年人如乳虎；老年人如僧，少年人如侠；老年人如字典，少年人如戏文；老年人如鸦片烟，少年人如泼兰地酒；老年人如别行星之陨石，少年人如大洋海之珊瑚岛；老年人如埃及沙漠之金字塔，少年人如西伯利亚之铁路；老年人如秋后之柳，少年人如春前之草；老年人如死海之潴①为泽，少年人如长江之初发源。此老年与少年性格不同之大略也。任公曰：人固有之，国亦宜然。

任公曰：伤哉老大也。浔阳江头琵琶妇，当明月绕船，枫叶瑟瑟，衾寒于铁，似梦非梦之时，追想洛阳尘中春花秋月之佳趣。西宫南内，白发宫娥，一灯如穗，三五对坐，谈开元、天宝间遗事，谱《霓裳羽衣曲》。青门种瓜人，左对孺人，顾弄孺子，忆侯门似海、珠履杂遝②之盛事。拿破仑之流于厄蔑，阿剌飞之幽于锡兰，与三两监守吏或过访之好事者，道当年短刀匹马驰骋中原，席卷欧洲，血战海楼，一声叱咤，万国震恐之丰功伟烈，初而拍案，继而抚髀，终而揽镜。呜呼！面皴齿尽，白发盈把，颓然老矣！若是者，舍幽郁之外无心事，舍悲惨之外无天地，舍颓唐之外无日月，舍叹息之外无音声，舍待死之外无事业。美人豪杰且然，而况于寻常碌碌者耶！生平亲友，皆在墟墓，起居饮食，待命于人。今日且过，遑知他日，今年

---

① 潴（zhū）：水积聚的地方。
② 杂遝（tà）：杂乱。现作"杂沓"。

且过,遑恤明年。普天下灰心短气之事,未有甚于老大者。于此人也,而欲望以拏云①之手段,回天之事功,挟山超海之意气,能乎不能?

呜呼!我中国其果老大矣乎?立乎今日,以指畴昔,唐虞三代,若何之郅治;秦皇汉武,若何之雄杰;汉唐来之文学,若何之隆盛;康乾间之武功,若何之烜赫!历史家所铺叙,词章家所讴歌,何一非我国民少年时代良辰美景、赏心乐事之陈迹哉!而今颓然老矣。昨日割五城,明日割十城;处处雀鼠尽,夜夜鸡犬惊;十八省之土地财产,已为人怀中之肉;四百兆之父兄子弟,已为人注籍之奴。岂所谓老大嫁作商人妇者耶?呜呼!凭君莫话当年事,憔悴韶光不忍看。楚囚相对,岌岌顾影;人命危浅,朝不虑夕。国为待死之国,一国之民为待死之民,万事付之奈何,一切凭人作弄,亦何足怪!

任公曰:我中国其果老大矣乎?是今日全地球之一大问题也。如其老大也,则是中国为过去之国,即地球上昔本有此国,而今渐澌灭,他日之命运殆将尽也。如其非老大也,则是中国为未来之国,即地球上昔未现此国,而今渐发达,他日之前程且方长也。欲断今日之中国为老大耶?为少年耶?则不可不先明"国"字之意义。夫国也者,何物也?有土地,有人民,以居于其土地之人民,而治其所居之土地之事,自制法律而自守之;有主权,有服从,人人皆主权者,人人皆服从者。夫如是,

---

① 拏(ná)云:凌云。

斯谓之完全成立之国。地球上之有完全成立之国也，自百年以来也，完全成立者，壮年之事也；未能完全成立而渐进于完全成立者，少年之事也。故吾得一言以断之曰：欧洲列邦在今日为壮年国，而我中国在今日为少年国。

夫古昔之中国者，虽有国之名，而未成国之形也，或为家族之国，或为酋长之国，或为诸侯封建之国，或为一王专制之国。虽种类不一，要之其于国家之体质也，有其一部而缺其一部，正如婴儿自胚胎以迄成童，其身体之一二官支，先行长成，此外则全体虽粗具，然未能得其用也。故唐虞以前为胚胎时代，殷周之际为乳哺时代，由孔子而来至于今为童子时代，逐渐发达，而今乃始将入成童以上少年之界焉。其长成所以若是之迟者，则历代之民贼有窒其生机者也。譬犹童年多病，转类老态，或且疑其死期之将至焉，而不知皆由未完全、未成立也，非过去之谓，而未来之谓也。

且我中国畴昔，岂尝有国家哉？不过有朝廷耳。我黄帝子孙，聚族而居，立于此地球之上者既数千年，而问其国之为何名，则无有也。夫所谓唐、虞、夏、商、周、秦、汉、魏、晋、宋、齐、梁、陈、隋、唐、宋、元、明、清者，则皆朝名耳。朝也者，一家之私产也；国也者，人民之公产也。朝有朝之老少，国有国之老少，朝与国既异物，则不能以朝之老少而指为国之老少明矣。文、武、成、康，周朝之少年时代也；幽、厉、桓、赧，则其老年时代也。高、文、景、武，汉朝之少年时代也；元、平、桓、灵，则其老年时代也。自余历朝，莫不有之。凡此者谓为一朝廷之老也则可,谓为一国之老也则不可。一朝廷之老且死,犹一人之老且死也,于吾所谓中国者何与焉?然则吾中国者,前此尚未出现于世界,而今乃始萌芽云尔。天地大矣,前途辽矣,美哉我少年中国乎!

玛志尼者,意大利三杰之魁也,以国事被罪,逃窜异邦,乃创立一会,名曰"少年意大利"。举国志士,云涌雾集以应之,卒乃光复旧物,使意大利为欧洲之一雄邦。夫意大利者,欧洲第一之老大国也,自罗马亡后,土地隶于教皇,政权归于奥国,殆所谓老而濒于死者矣。而得一玛志尼,且能举全国而少年之,况我中国之实为少年时代者耶?堂堂四百余州之国土,凛凛四百余兆之国民,岂遂无一玛志尼其人者?

龚自珍氏之集有诗一章,题曰《能令公少年行》。吾尝爱读之,而有味乎其用意之所存。我国民而自谓其国之老大也,斯果老大矣;我国民而自知其国之少年也,斯乃少年矣。西谚有之曰:有三岁之翁,有百岁之童。然则国之老少,又无定形,而实随国民之心力以为消长者也。吾见乎玛志尼之能令国少年也,吾又见乎我国之官吏士民能令国老大也,吾为此惧。夫以如此壮丽浓郁、翩翩绝世之少年中国,而使欧西日本人谓我为老大者何也?则以握国权者皆老朽之人也。非哦几十年八股,非写几十年白折,非当几十年差,非捱①几十年俸,非递几十年手本,非唱几十年喏②,非磕几十年头,非请几十年安,则

---

① 捱:同"挨"。
② 喏(rě):古人相见时,双手作揖同时出声致敬,称"唱喏"。

必不能得一官、进一职。其内任卿贰以上、外任监司以上者，百人之中，其五官不备者，殆九十六七人也。非眼盲，则耳聋；非手颤，则足跛；否则半身不遂也。彼其一身饮食、步履、视听、言语，尚且不能自了，须三四人在左右扶之、捉之，乃能度日，于此而乃欲责之以国事，是何异立无数木偶而使之治天下也。且彼辈者，自其少壮之时，既已不知亚细、欧罗为何处地方，汉祖、唐宗是那①朝皇帝，犹嫌其顽钝腐败之未臻其极，又必搓磨之、陶冶之，待其脑髓已涸，血管已塞，气息奄奄与鬼为邻之时，然后将我二万里山河，四万万人命，一举而畀于其手。呜呼！老大帝国，诚哉其老大也！而彼辈者，积其数十年之八股、白折、当差、捱俸、手本、唱喏、磕头、请安，千辛万苦，千苦万辛，乃始得此红顶花翎之服色，中堂大人之名号，乃出其全副精神，竭其毕生力量，以保持之。如彼乞儿，拾金一锭，虽轰雷盘旋其顶上，而两手犹紧抱其荷包，他事非所顾也，非所知也，非所闻也。于此而告之以亡国也，瓜分也，彼乌从而听之？乌从而信之？即使果亡矣，果分矣，而吾今年既七十矣八十矣，但求其一两年内，洋人不来，强盗不起，我已快活过了一世矣。若不得已，则割三头两省之土地奉申贺敬，以换我几个衙门，卖三几百万之人民作仆为奴，以赎我一条老命，有何不可？有何难办？呜呼，今之所谓老后、老臣、老将、

---

① 那：同"哪"。在白话文推行之初，"那"和"哪"并没有进行明确的区分，像我们常用的"哪里""哪一个""哪一件"等用作疑问词的"哪"皆用"那"来表示。

老吏者，其修身、齐家、治国、平天下之手段，皆具于是矣。西风一夜催人老，凋尽朱颜白尽头。使走无常当医生，携催命符以祝寿。嗟乎痛哉！以此为国，是安得不老且死，且吾恐其未及岁而殇也。

任公曰：造成今日之老大中国者，则中国老朽之冤业也；制出将来之少年中国者，则中国少年之责任也。彼老朽者何足道，彼与此世界作别之日不远矣，而我少年乃新来而与世界为缘。如僦屋者然，彼明日将迁居他方，而我今日始入此室处，将迁居者，不爱护其窗栊，不洁治其庭庑，俗人恒情，亦何足怪。若我少年者，前程浩浩，后顾茫茫，中国而为牛、为马、为奴、为隶，则烹脔鞭棰之惨酷，惟我少年当之。中国如称霸宇内、主盟地球，则指挥顾盼之尊荣，惟我少年享之。于彼气息奄奄、与鬼为邻者何与焉？彼而漠然置之，犹可言也；我而漠然置之，不可言也。使举国之少年而果为少年也，则吾中国为未来之国，其进步未可量也，使举国之少年而亦为老大也，则吾中国为过去之国，其澌亡可翘足而待也。故今日之责任，不在他人，而全在我少年。少年智则国智，少年富则国富，少年强则国强。少年独立则国独立，少年自由则国自由，少年进步则国进步，少年胜于欧洲，则国胜于欧洲，少年雄于地球，则国雄于地球。红日初升，其道大光；河出伏流，一泻汪洋；潜龙腾渊，鳞爪飞扬；乳虎啸谷，百兽震惶；鹰隼试翼，风尘吸张[1]；奇花初

---

[1] 吸张：亦作"翕张"。

胎,矞矞皇皇;干将发硎①,有作其芒;天戴其苍,地履其黄;纵有千古,横有八荒;前途似海,来日方长。美哉,我少年中国,与天不老!壮哉,我中国少年,与国无疆!

"三十功名尘与土,八千里路云和月。莫等闲,白了少年头,空悲切!"此岳武穆《满江红》词句也,作者自六岁时即口受记忆,至今喜诵之不衰。自今以往,弃"哀时客"之名,更自名曰"少年中国之少年"。

作者附识。

---

① 发硎(xíng):刀新从磨刀石上磨出来,十分锋利。

学问之趣味

我是个主张趣味主义的人：倘若用化学化分"梁启超"这件东西，把里头所含一种原素名叫"趣味"的抽出来，只怕所剩下仅有个零了。我以为：凡人必常常生活于趣味之中，生活才有价值。若哭丧着脸挨过几十年，那么，生命便成沙漠，要来何用？中国人见面最喜欢用的一句话："近来作何消遣？"这句话我听着便讨厌。话里的意思，好像生活得不耐烦了，几十年日子没有法子过，勉强找些事情来消他遣他。一个人若生活于这种状态之下，我劝他不如早日投海！我觉得天下万事万物都有趣味，我只嫌二十四点钟不能扩充到四十八点，不够我享用。我一年到头不肯歇息，问我忙什么？忙的是我的趣味。我以为这便是人生最合理的生活，我常常想运动别人也学我这样生活。

凡属趣味，我一概都承认他[①]是好的。但怎么样才算"趣味"，不能不下一个注脚。我说："凡一件事做下去不会生出和趣味相反的结果的，这件事便可以为趣味的主体。"赌钱趣味吗？输了怎么样？吃酒趣味吗？病了怎么样？做官趣味吗？没有官做的时候怎么样？……诸如此类，虽然在短时间内像有趣味，结果会闹到俗语说的"没趣一齐来"，所以我们不能承认他是趣味。凡趣味的性质，总要以趣味始以趣味终。所以能为趣味之主体者，莫如下列的几项：一，劳作；二，游戏；三，艺术；四，学问。诸君听我这段话，切勿误会以为：我用道德观念来选择趣味。我不问德不德，只问趣不趣。我并不是因为赌钱不道德才排斥赌钱，因为赌钱的本质会闹到没趣，闹到没趣便破坏了我的趣味主义，所以排斥赌钱，我并不是因为学问是道德才提倡学问，因为学问的本质能够以趣味始以趣味终，最合于我的趣味主义条件，所以提倡学问。

学问的趣味，是怎么一回事呢？这句话我不能回答。凡趣味总要自己领略，自己未曾领略得到时，旁人没有法子告诉你。佛典说的："如人饮水，冷暖自知。"你问我这水怎样的冷，我便把所有形容词说尽，也形容不出给你听，除非你亲自嗑一口。我这题目——学问之趣味，并不是要说学问如何如何的有趣味，只要如何如何便会尝得着学问的趣味。

诸君要尝学问的趣味吗？据我所经历过的有下列几条路

[①] 在白话文推行之初，不管男性、女性或物品，均用"他"来指代。

应走：

第一，"无所为"（为读去声）。趣味主义最重要的条件是"无所为而为"。凡有所为而为的事，都是以别一件事为目的而以这件事为手段；为达目的起见勉强用手段，目的达到时，手段便抛却。例如学生为毕业证书而做学问，著作家为版权而做学问，这种做法，便是以学问为手段，便是有所为。有所为虽然有时也可以为引起趣味的一种方便，但到趣味真发生时，必定要和"所为者"脱离关系。你问我："为什么做学问？"我便答道："不为什么。"再问，我便答道："为学问而学问。"或者答道："为我的趣味。"诸君切勿以为我这些话掉弄虚机，人类合理的生活本来如此。小孩子为什么游戏？为游戏而游戏。人为什么生活？为生活而生活。为游戏而游戏，游戏便有趣；为体操分数而游戏，游戏便无趣。

第二，不息。"鸦片烟怎样会上瘾？""天天吃。""上瘾"这两个字，和"天天"这两个字是离不开的。凡人类的本能，只要那部分隔久了不用，他便会麻木会生锈。十年不跑路，两条腿一定会废了；每天跑一点钟，跑上几个月，一天不得跑时，腿便发痒。人类为理性的动物。"学问欲"原是固有本能之一种，只怕你出了学校便和学问告辞，把所有经管学问的器官一齐打落冷宫，把学问的胃弄坏了，便山珍海味摆在面前也不愿意动筷子。诸君啊！诸君倘若现在从事教育事业或将来想从事教育事业，自然没有问题，很多机会来培养你学问胃口。若是做别的职业呢？我劝你每日除本业正当劳作之外，最少总要腾出一点钟，研究你所嗜好的学问。一点钟那里不消耗了？千万别要错过，闹成"学问胃弱"的症候，白白自己剥夺了一种人类应享之特权啊！

第三，深入的研究。趣味总是慢慢的来，越引越多，像到①吃甘蔗，越往下才越得好处。假如你虽然每天定有一点钟做学问，但不过拿来消遣消遣，不带有研究精神，趣味便引不起来。或者今天研究这样明天研究那样，趣味还是引不起来。趣味总是藏在深处，你想得着，便要入去。这个门穿一穿，那个窗户张一张，再不会看见"宗庙之美，百官之富"，如何能有趣味？我方才说："研究你所嗜好的学问。""嗜好"两个字很要紧。一个人受过相当的教育之后，无论如何，总有一两门学问和自己脾胃相合，而已经懂得大概可以作加工研究之预备的。请你就选定一门作为终身正业（指从事学者生活的人说），或作为本业劳作以外的副业（指从事其他职业的人说）。不怕范围窄，越窄越便于聚精神；不怕问题难，越难越便于鼓勇气。你只要肯一层一层的往里面追，我保你一定被他引到"欲罢不能"的地步。

第四，找朋友。趣味比方电，越磨擦②越出。前两段所说，是靠我本身和学问本身相磨擦；但仍恐怕我本身有时会停摆，发电力便弱了。所以常常要仰赖别人帮助。一个人总要有

---

① 到：通"倒"，颠倒。
② 磨擦：亦作"摩擦"。

几位共事的朋友，同时还要有几位共学的朋友。共事的朋友，用来扶持我的职业；共学的朋友和共顽①的朋友同一性质，都是用来磨擦我的趣味。这类朋友，能够和我同嗜好一种学问的自然最好，我便和他打夥②研究。即或不然——他有他的嗜好，我有我的嗜好，只要彼此都有研究精神，我和他常常在一块或常常通信，便不知不觉把彼此趣味都磨擦出来了。得着一两位这种朋友，便算人生大幸福之一。我想只要你肯找，断不会找不出来。

  我说的这四件事，虽然像是老生常谈，但恐怕大多数人都不曾会这样做。唉！世上人多么可怜啊！有这种不假外求、不会蚀本、不会出毛病的趣味世界，竟自没有几个人肯来享受！古书说的故事"野人献曝"，我是尝冬天晒太阳的滋味尝得舒服透了，不忍一人独享，特地恭恭敬敬的来告诉诸君。诸君或者会欣然采纳吧？但我还有一句话：太阳虽好，总要诸君亲自去晒，旁人却替你晒不来。

---

① 顽：同"玩"。
② 打夥：同"打伙"，合伙。

为学与做人

诸君！我在南京讲学将近三个月了，这边苏州学界里头，有好几回写信邀我，可惜我在南京是天天有功课的，不能分身前来。今天到这里，能够和全城各校诸君聚在一堂，令我感激得很。但有一件，还要请诸君原谅，因为我一个月以来，都带着些病，勉强支持，今天不能作很长的讲演，恐怕有负诸君期望哩。

问诸君："为甚[①]么进学校？"我想人人都会众口一词的答道："为的是求学问。"再问："你为什么要求学问？""你想学些什么？"恐怕各人的答案就很不相同，或者竟自答不出来了。诸君啊！我请替你们总答一句罢："为的是学做人。"你在学校里头学的什么数学、几何、物理、化学、生理、心理、历史、地理、国文、英语，乃至什么哲学、文学、科学、政治、

[①] 甚：同"什"。

法律、经济、教育、农业、工业、商业等等，不过是做人所需要的一种手段，不能说专靠这些便达到做人的目的，任凭你把这些件件学得精通，你能够成个人不成个人还是别个问题。

人类心理，有知、情、意三部分，这三部分圆满发达的状态，我们先哲名之为三达德——智、仁、勇。为什么叫作"达德"呢？因为这三件事是人类普通道德的标准，总要三件具备才能成一个人。三件的完成状态怎么样呢？孔子说："知者不惑，仁者不忧，勇者不惧。"所以教育应分为知育、情育、意育三方面。现在讲的智育、德育、体育，不对，德育范围太笼统，体育范围太狭隘。——知育要教到人不惑，情育要教到人不忧，意育要教到人不惧。教育家教学生，应该以这三件为究竟；我们自动的自己教育自己，也应该以这三件为究竟。

怎么样才能不惑呢？最要紧的是养成我们的判断力。想要养成判断力，第一步，最少须有相当的常识；进一步，对于自己要做的事须有专门知识；再进一步，还要有遇事能断的智慧。假如一个人连常识都没有，听见打雷，说是雷公发威，看见月食，说是虾蟆贪嘴。那么，一定闹到什么事都没有主意，碰着一点疑难问题，就靠求神、问卜、看相、算命去解决。真所谓"大惑不解"，成了最可怜的人了。学校里小学、中学所教，就是要人有了许多基本的常识，免得凡事都暗中摸索。但仅仅有这点常识还不够，我们做人，总要各有一件专门职业。这门职业，也并不是我一人破天荒去做，从前已经许多人做过，他们积了无数经验，发见①出好些原理原则，这就是专门学识。我打算做这项职业，就应该有这项专门学识。例如我想做农吗，怎样的改良土壤，怎样的改良种子，怎样的防御水旱病虫，等等，都是前人经验有得成为学识的。我们有了这种学识，应用他来处置这些事，自然会不惑；反是则惑了。做工、做商，等等，都各有他的专门学识，也是如此。我想做财政家吗，何种租税可以生出何样结果，何种公债可以生出何样结果，等等，都是前人经验有得成为学识的。我们有了这种学识，应用他来处置这些事，自然会不惑；反是则惑了。教育家、军事家，等等，都各各有他的专门学识，也是如此。我们在高等以上学校所求的知识，就是这一类。但专靠这种常识和学识就够吗？还不能。宇宙和人生是活的不是呆的，我们每日所碰见的事理是复杂的、变化的，不是单纯的、印板②的。倘若我们只是学过这一件才懂这一件，那么，碰着一件没有学过的事来到跟前，便手忙脚乱了。所以还要养成总体的智慧才能得有根本的判断力。这种总体的智慧如何才能养成呢？第一件，要把我们向来粗浮的脑筋，着实磨练③他，叫他变成细密而且踏实。那么，无论遇着如何繁难的事，我都可以彻头彻尾想清楚他的条理，自然不至于惑了。第二件，要把我们向来昏浊的脑筋，着实将养他，叫他变成清明。那么，一件事理到跟前，我才能很从容很莹澈的

---

① 见（xiàn）：同"现"，使人可以看见。
② 印板：死板不变。
③ 磨练：亦作"磨炼"。

去判断他，自然不至于惑了。以上所说常识、学识和总体的智慧，都是知育的要件，目的是教人做到"知者不惑"。

怎么样才能不忧呢？为什么仁者便会不忧呢？想明白这个道理，先要知道中国先哲的人生观是怎么样。"仁"之一字，儒家人生观的全体大用都包在里头。"仁"到底是什么？很难用言语说明。勉强下个解释，可以说是："普遍人格之实现。"孔子说："仁者人也。"意思说是人格完成就叫作"仁"。但我们要知道，人格不是单独一个人可以表见①的，要从人和人的关系上看出来。所以"仁"字从二人，郑康成解他做"相人偶"。总而言之，要彼我交感互发，成为一体，然后我的人格才能实现。所以我们若不讲人格主义，那便无话可说，讲到这个主义，当然归宿到普遍人格。换句话说，宇宙即是人生，人生即是宇宙，我的人格和宇宙无二无别。体验得这个道理，就叫做"仁者"。然则这种"仁者"为甚么就会不忧呢？大凡忧之所从来，不外两端：一曰忧成败，二曰忧得失。我们得着"仁"的人生观，就不会忧成败。为什么呢？因为我们知道宇宙和人生是永远不会圆满的，所以《易经》六十四卦，始"乾"而终"未济"。正为在这永远不圆满的宇宙中，才永远容得我们创造进化。我们所做的事，不过在宇宙进化几万万里的长途中，往前挪一寸两寸，那里配说成功呢？然则不做怎么样呢？不做便连这一寸两寸都不往前挪，那可真是失败了。"仁者"看透这种道理，

---

① 表见：显现；显现出。

信得过只有不做事才算失败，肯做事便不会失败。所以《易经》说："君子以自强不息。"换一方面来看：他们又信得过凡事不会成功的。几万万里路挪了一两寸，算成功吗？所以《论语》说："知其不可而为之。"你想！有这种人生观的人，还有什么成败可忧呢？再者：我们得着"仁"的人生观，便不会忧得失。为什么呢？因为认定这件东西是我的，才有得失之可言。连人格都不是单独存在，不能明确的画出这一部分是我的那一部分是人家的，然则那里有东西可以为我所得？既已没有东西为我所得，当然也没有东西为我所失。我只是为学问而学问，为劳动而劳动，并不是拿学问、劳动等等做手段来达某种目的——可以为我们"所得"的。所以老子说："生而不有，为而不恃。""既以为人，己愈有；既以与人，己愈多。"你想！有这种人生观的人，还有什么得失可忧呢？总而言之：有了这种人生观，自然会觉得"天地与我并生，而万物与我为一"，自然会"无入而不自得"。他的生活，纯然是趣味化、艺术化。这是最高的情感教育，目的教人做到仁者不忧。

怎么样才能不惧呢？有了不惑不忧工夫①，惧当然会减少许多了。但这是属于意志方面的事。一个人若是意志力薄弱，便有很丰富的知识，临时也会用不着；便有很优美的情操，临时也会变了卦。然则意志怎么才会坚强呢？头一件须要心地光明。孟子说："浩然之气，至大至刚。行有不慊于心，则馁矣。"

---

① 工夫：此处应指"功夫"。

又说:"自反而不缩,虽褐宽博,吾不惧焉;自反而缩,虽千万人,吾往矣。"俗语说得好:"生平不做亏心事,夜半敲门也不惊。"一个人要保持勇气,须要从一切行为可以公开做起。这是第一著①。第二件要不为劣等欲望之所牵制。《论语》记:"子曰:'吾未见刚者。'或对曰:'申枨。'子曰:'枨也欲,焉得刚?'"一被物质上无聊的嗜欲东拉西扯,那么,百炼刚也会变为绕指柔了。总之一个人的意志,由刚强变为薄弱极易,由薄弱返到刚强极难。一个人有了意志薄弱的毛病,这个人可就完了。自己做不起自己的主,还有什么事可做?受别人压制,做别人奴隶,自己只要肯奋斗,终须能恢复自由。自己的意志做了自己情欲的奴隶,那么,真是万劫沉沦,永无恢复自由的余地,终身畏首畏尾,成了个可怜人了。孔子说:"和而不流,强哉矫;中立而不倚,强哉矫;国有道,不变塞焉,强哉矫;国无道,至死不变,强哉矫。"我老实告诉诸君说罢:做人不做到如此,决不会成一个人。但做到如此真是不容易,非时时刻刻做磨炼意志的工夫不可,意志磨炼得到家,自然是看着自己应做的事,一点不迟疑,扛起来便做,"虽千万人,吾往矣"。这样才算顶天立地做一世人,绝不会有藏头躲尾、左支右绌的丑态。这便是意育的目的,要教人做到勇者不惧。

我们拿这三件事作做人的标准,请诸君想想,我自己现时做到那一件——那一件稍为有一点把握。倘若连一件都不能做

---

① 第一著:即第一着。

到，连一点把握都没有，嗳哟！那可真危险了，你将来做人恐怕就做不成。讲到学校里的教育吗：第二层的情育第三层的意育，可以说完全没有；剩下的只有第一层的知育。就算知育罢，又只有所谓常识和学识，至于我所讲的总体智慧靠来养成根本判断力的，却是一点儿也没有。这种"贩卖知识杂货店"的教育，把他前途想下去，真令人不寒而栗！现在这种教育，一时又改革不来，我们可爱的青年，除了他更没有可以受教育的地方。诸君啊！你到底还要做人不要？你要知道危险呀！非你自己抖撒精神想方法自救，没有人能救你呀！

诸君啊！你千万别要以为得些断片的智识就算是有学问呀。我老实不客气告诉你罢：你如果做成一个人，智识自然是越多越好；你如果做不成一个人，智识却是越多越坏。你不信吗？试想想全国人所唾骂的卖国贼某人某人，是有智识的呀，还是没有智识的呢？试想想全国人所痛恨的官僚政客——专门助军阀作恶鱼肉良民的人，是有智识的呀，还是没有智识的呢？诸君须知道啊：这些人当十几年前在学校的时代，意气横厉，天真烂漫，何尝不和诸君一样？为什么就会堕落到这样田地呀？屈原说的："何昔日之芳草兮，今直为此萧艾也！岂其有他故兮，莫好修之害也。"天下最伤心的事，莫过于看着一群好好的青年，一步一步的往坏路上走。诸君猛醒啊！现在你所厌所恨的人，就是你前车之鉴了。

诸君啊！你现在怀疑吗？沉闷吗？悲哀痛苦吗？觉得外边的压迫你不能抵抗吗？我告诉你：你怀疑和沉闷，便是你因不知才会感;你悲哀痛苦,便是你因不仁才会忧;你觉得你不能抵抗外界的压迫,便是你因不勇才有惧。这都是你的知、情、意未经过修养磨炼,所以还未成个人。我盼望你有痛切的自觉啊!有了自觉,自然会自动。那么,学校之外,当然有许多学问,读一卷经,翻一部史,到处都可以发见诸君的良师呀!

诸君啊,醒醒罢!养足你的根本智慧,体验出你的人格、人生观,保护好你的自由意志。你成人不成人,就看这几年哩!

你以为的蔡元培

- 美育第一人
- 时代楷模
- 忠厚长者
- 有着傲岸风骨
- 从容理性
- 才华横溢

蔡元培：学界泰斗、吾辈之楷模

实际上的蔡元培

- 理想主义者
- 自由战士
- 名副其实的老好人
- 实干家
- 带点孩子气
- 宽厚
- 浪漫

蔡元培

蔡元培(1868—1940），字鹤卿，号子民，浙江绍兴府山阴县（今浙江绍兴）人。中国近代革命家、教育家、政治家。

他在担任北京大学校长期间，推行"思想自由，兼容并包"的办学方针，招揽各类学术人才来北京大学任职，不仅为北京大学的学术繁荣奠定了基础，也为我国教育事业的发展做出了巨大贡献。代表作品有《中国伦理学史》《蔡元培自述》等。

就任北京大学校长之演说

　　五年前,严几道先生为本校校长时,余方服务教育部,开学日曾有所贡献于同校。诸君多自预科毕业而来,想必闻知。士别三日,刮目相见,况时阅数载,诸君较昔当必为长足之进步矣。予今长斯校,请更以三事为诸君告。

　　一曰抱定宗旨。诸君来此求学,必有一定宗旨,欲求宗旨之正大与否,必先知大学之性质。今人肄业专门学校,学成任事,此固势所必然。而在大学则不然,大学者,研究高深学问者也。外人每指摘本校之腐败,以求学于此者,皆有做官发财思想,故毕业预科者,多入法科,入文科者甚少,入理科者尤少,盖以法科为干禄之终南捷径也。因做官心热,对于教员,则不问其学问之浅深,惟问其官阶之大小。官阶大者,特别欢迎,盖为将来毕业有人提携也。现在我国精于政法者,多入政界,专任教授者甚少,故聘请教员,不得不聘请兼职之人,亦属不得已之举。究之外人指摘之当否,姑不具论。然毁谤莫如自修，人讥我腐败，而我不腐败，问心无愧，于我何损？果欲达其做官发财之目的，则北京不少专门学校，入法科者尽可肄业法律学堂，入商科者亦可投考商业学校，又何必来此大学？所以诸君须抱定宗旨，为求学而来。入法科者，非为做官；入商科者，非为致富。宗旨既定，自趋正轨。诸君肄业于此，或三年，或四年，时间不为不多，苟能爱惜光阴，孜孜求学，则其造诣，容有底止。若徒志在做官发财，宗旨既乖，趋向自异。平时则放荡冶游，考试则熟读讲义，不问学问之有无，惟争分数之多寡；试验既终，书籍束之高阁，毫不过问，敷衍三四年，潦草塞责，文凭到手，即可借此活动于社会，岂非与求学初衷大相背驰乎？光阴虚度，学问毫无，是自误也。且辛亥之役，吾人之所以革命，因清廷官吏之腐败。即在今日，吾人对于当轴多不满意，亦以其道德沦丧。今诸君苟不于此时植其基，勤其学，则将来万一因生计所迫，出而任事，担任讲席，则必贻误学生；置身政界，则必贻误国家。是误人也。误己误人，又岂本心所愿乎？故宗旨不可以不正大。此余所希望于诸君者一也。

　　二曰砥砺德行。方今风俗日偷，道德沦丧，北京社会，尤为恶劣，败德毁行之事，触目皆是，非根基深固，鲜不为流俗所染。诸君肄业大学，当能束身自爱。然国家之兴替，视风俗之厚薄。流俗如此，前途何堪设想。故必有卓绝之士，以身作则，力矫颓俗。诸君为大学学生，地位甚高，肩此重任，责无旁贷，故诸君不惟思所以感己，更必有以励人。苟德之不修，学之不讲，同乎流俗，合乎污世，己且为人轻侮，更何足以感人。然诸君终日伏首案前，芸芸攻苦，毫无娱乐之事，必感身体上之苦痛。为诸君计，莫如以正当之娱乐，易不正当之娱乐，庶于道德无亏，而于身体有益。诸君入分科时，曾填写愿书，遵守本校规则，苟中道而违之，岂非与原始之意相反乎？故品行不可以不谨严。此余所希望于诸君者二也。

三曰敬爱师友。教员之教授，职员之任务，皆以图诸君求学便利，诸君能无动于衷乎？自应以诚相待，敬礼有加。至于同学共处一堂，尤应互相亲爱，庶可收切磋之效。不惟开诚布公，更宜道义相勖①，盖同处此校，毁誉共之。同学中苟道德有亏，行有不正，为社会所訾詈②，己虽规行矩步，亦莫能辩，此所以必互相劝勉也。余在德国，每至店肆购买物品，店主殷勤款待，付价接物，互相称谢，此虽小节，然亦交际所必需，常人如此，况堂堂大学生乎？对于师友之敬爱，此余所希望于诸君者三也。

余到校视事仅数日，校事多未详悉，兹所计划者二事：一曰改良讲义。诸君既研究高深学问，自与中学、高等不同，不惟恃教员讲授，尤赖一己潜修。以后所印讲义，只列纲要，细微末节，以及精旨奥义，或讲师口授，或自行参考，以期学有心得，能裨实用。二曰添购书籍。本校图书馆书籍虽多，新出者甚少，苟不广为购办，必不足供学生之参考，刻拟筹集款项，多购新书，将来典籍满架，自可旁稽博采，无虞缺乏矣。今日所与诸君陈说者只此，以后会晤日长，随时再为商榷可也。

---

① 相勖（xù）：相互勉励。
② 訾詈（zǐ lì）：诋毁；责骂。

对于学生的希望

我于贵省学生界情形不甚熟悉，我所知者为北京学生界情形，各地想也大同小异。今天到此和诸君说话，便以所知之情形，加以推想，贡献诸君。

五四运动以来，全国学生界空气为之一变。许多新现象、新觉悟，都于五四以后发生，举其大者，共得四端。

一、自己尊重自己

吾国办学二十年，犹是从前的科举思想，熬上几个年头，得到文凭一纸，实是从前学生的普通目的。自己的成绩好不好，毕业后中用不中用，一概不问。平日荒嬉既多，一临考试，或抄袭课本，或打听题目，或请划范围，目的只图敷衍，骗到一张证书而已，全不打算自己要做一个什么样人，自己和人类社会有何关系。五四以前之学生情形，恐怕有大多数是这样的。

五四以后不同了。原来五四运动也是社会的各方面酝酿出来的。政治太腐败，社会太龌龊，学生天良未泯，便忍耐不住了。蓄之已久，迸发一朝，于是乎有五四运动。从前的社会很看不起学生，自有此运动，社会便重视学生了，学生亦顿然了解自己的责任，知道自己在人类社会占何种位置，因而觉得自身应该尊重，于现在及将来应如何打算，一变前此荒嬉暴弃的习惯，而发生一种向前进取、开拓自己运命的心。

二、化孤独为共同

"各人自扫门前雪，不管他人瓦上霜"，是中国古人的座右铭，也就是从前学生界的座右铭。从前的好学生，于自己以外，大半是一概不管，纯守一种独善其身的主义。五四运动而后，自己与社会发生了交涉，同学彼此间也常须互助，知道单是自己好，单是自己有学问有思想不行，如想做事真要成功，目的真要达到，非将学问思想推及于自己以外的人不可。于是同志之联络，平民之讲演，社会各方面之诱掖指导，均为最切要的事，化孤独的生活为共同的生活，实是五四以后学生界的一个新觉悟。

三、对自己学问能力的切实了解

从前学生，对于自己的学问有用无用，自己的能力那处是长,那处是短,简直不甚了解,不及自觉。五四以后,自己经过了种种困难,于组织上、协同上、应付上,以自己的学问和能力向新旧社会做了一番试验,顿然觉悟到自己学问不够,能力有限。于是一改从前滞钝昏沉的习惯,变为随时留心、遇事注意的习惯了,家庭啦,社会啦,国家啦,世界啦,都变为充实自己学问、发展自己能力的材料。这种新觉悟,也是五四以后才有的。

四、有计划的运动

从前的学生,大半是没有主义的,也没有什么运动。五四以后,又经过各种失败,乃知集合多数人做事,是很不容易的,如何才可以不至失败,如何才可以得到各方面的同情,如何组织,如何计划,均非事先筹度不行。又知群众运动在某种时候虽属必要,但决不可轻动,不合时机,不经组织,没有计划的运动,必然做不成功。这种觉悟,也是到"五四"以后才有的。于此分五端的进行:

(一)自动的求学。在学校不能单靠教科书和教习,讲堂功课固然要紧,自动自习,随时注意自己发见求学的门径和学问的兴趣,更为要紧。

(二)自己料理自己的行为。学生对于社会,已经处于指导的地位。故自己的行为,必应好生管理。有些学生不喜教职员管理,自己却一意放纵,做出种种坏行。我意不要人家管理，能够自治，是好的。不要管理，自便放纵，是不好的。管理规则、教室规则等，可以不要，但要能够自守秩序。总要办到不要规则而其收效仍如有规则时或且过之才好，平民主义不是不守秩序，罗素是主张自由最力的人，也说自由与秩序并不相妨。我意最好由学生自定规则，自己遵守。

（三）平等及劳动观念。朋友某君和我说："学生倡言要与教职员平等，但其使令工役，横眼厉色，又俨然以主人自居，以奴隶待人。"我友之言，系指从前的学生。我意学生先要与工役及其他知识低于自己的人讲求平等，然后遇教职员之以不平等待己者，可以不答应他。近人盛倡勤工俭学，主张一边读书，一边做工。我意校中工作，可以学生自为。终日读书，于卫生上也有妨碍。凡吃饭不做事专门暴殄天物的人，是吾们所最反对的。脱尔斯太①主张泛劳动主义。他自制衣履，自做农工，反对太严格的分工，吾愿学生于此加以注意。

（四）注意美的享乐。近来学生多有为麻雀、扑克或阅恶劣小说等不正当之消遣，此固原因于其人之不悦学，尤以社会及学校无正当之消遣，为主要原因。甚有生趣索然，意兴无聊，因而自杀者。所以吾人急应提倡美育，使人生美化，使人的性灵寄托于美，而将忧患忘却。于学校中可实现者，如音乐、图画、旅行、游戏、演剧等，均可去做，以之代替不好的消遣。但切不要拘泥，只随人意兴所到，适情便可。如音乐一项，笛

---

① 脱尔斯太：即托尔斯泰。

子、胡琴都可。大家看看文学书，唱唱诗歌，也可以悦性怡情。单独没有兴会，总要有几个人以上共同享乐，学校中要常有此种娱乐的组织。有此种组织，感情可以调和，同学间不好的意见和争执，也要少些了。人是感情的动物，感情要好好涵养之，使活泼而得生趣。

（五）社会服务。社会一般的知识程度不进，各种事业的设施，均感痛苦。五四以来，学生多组织平民学校，教失学的人以普通知识及职业，是一件极好的事。吾见北京每一校有二三百人者，有千人者，甚可乐观。国家办教育，人才与财力均难，平民学校不费特别的人才与财力，而可大收教育之效，故是一件很好的事。又有平民讲演，用讲演的形式与平民以知识，也是一件好事。又调查社会情形，甚为要紧。吾国没有统计，以致诸事无从根据计划。要讲平民主义，要有真正的群众运动，宜从各种细小的调查做起。此次北方旱灾，受饥之民，至三千多万。赈灾筹款，须求引起各方的同情，北京学生联合会乃思得一法，即调查各地灾状，用文字或照片描绘各种灾情，发表出来，借以引起同情。吾出京时，正值学生分组出发，十人一组。即此一宗，可见调查之关系重要。

以上各端，是吾一时想及，陈述出来，希望学生诸君留意。最后吾对于湖南学生诸君，尚有一二特要商酌之点，述之于次。

一、学生参与教务会议问题。吾在京时，即听见人说湖南学生希望甚高，要求亦甚大，有欲参与学校教务会议之事。吾于学生自治，甚表赞同，唯参与教务会议，以为未可。其故因学校教职员对于校务是负专责的，是时时接洽的。若参入不接洽又不负责任的学生必不免纷扰。北大学生也曾要求加入评议会，后告以难于办到的理由，他们亦遂中止了。

二、废止考试问题。湖南学生有反对试验之事。吾亦觉得试验有好多坏处。吾友汤尔和先生曾有文详论此事，主张废考，北大高师学生运动废考甚力。吾对北大办法，则以要不要证书为准，不要证书者废止试验，要证书者仍须试验。

吾意学生对于教职员，不宜求全责备，只要教职员系诚心为学生好，学生总宜原谅他们。现在是青黄不接时代，很难得品学兼备的人才呵。吾只希望学生能有各方面的了解和觉悟，事事为有意识的有计划的进行，就好极了。

《北京大学日刊》第816号（1921年2月25日出版）

为蔡元培在湖南的第七次讲演

我在北京大学的经历

　　北京大学的名称，是从民国元年起的。民元以前，名为京师大学堂，包有师范馆、仕学馆等，而译学馆亦为其一部，我在民元前六年，曾任译学馆教员，讲授国文及西洋史，是为我在北大服务之第一次。

　　民国元年，我长教育部，对于大学有特别注意的几点：一、大学设法、商等科的，必设文科；设医、农、工等科的，必设理科。二、大学应设大学院（即今研究院）为教授、留校的毕业生与高级学生研究的机关。三、暂定国立大学五所，于北京大学外，再筹办大学各一所于南京、汉口、四川、广州等处。（尔时想不到后来各省均有办大学的能力。）四、因各省的高等学堂，本仿日本制，为大学预备科，但程度不齐，于入大学时发生困难，乃废止高等学堂，于大学中设预科。（此点后来为胡适之先生等所非难，因各省既不设高等学堂，就没有一个荟萃较高学者的机关，文化不免落后；但自各省竞设大学后，就不必顾虑了。）

是年，政府任严幼陵君[①]为北京大学校长；两年后，严君辞职，改任马相伯君。不久，马君又辞，改任何锡侯君，不久又辞，乃以工科学长胡次珊君代理。民国五年冬，我在法国，接教育部电，促回国，任北大校长。我回来，初到上海，友人中劝不必就职的颇多，说北大太腐败，进去了，若不能整顿，反于自己的声名有碍。这当然是出于爱我的意思。但也有少数的说，既然知道他腐败，更应进去整顿，就是失败，也算尽了心；这也是爱人以德的说法。我到底服从后说，进北京。

我到京后，先访医专校长汤尔和君，问北大情形。他说："文科预科的情形，可问沈尹默君；理工科的情形，可问夏浮筠君。"汤君又说："文科学长如未定，可请陈仲甫君；陈君现改名独秀，主编《新青年》杂志，确可为青年的指导者。"因取《新青年》十余本示我。我对于陈君，本来有一种不忘的印象，就是我与刘申叔君同在《警钟日报》服务时，刘君语我："有一种在芜湖发行之白话报，发起的若干人，都因困苦及危险而散去了，陈仲甫一个人又支持了好几个月。"现在听汤君的话，又翻阅了《新青年》，决意聘他。从汤君处探知陈君寓在前门外一旅馆，我即往访，与之订定。于是陈君来北大任文科学长，而夏君原任理科学长，沈君亦原任教授，一仍旧贯；乃相与商定整顿北大的办法，次第执行。

[①] 严幼陵君：即严复，字又陵。

我们第一要改革的，是学生的观念。我在译学馆的时候，就知道北京学生的习惯。他们平日对于学问上并没有什么兴会，只要年限满后，可以得到一张毕业文凭。教员是自己不用功的，把第一次的讲义，照样印出来，按期分散给学生，在讲坛上读一遍，学生觉得没有趣味，或瞌睡，或看看杂书，下课时，把讲义带回去，堆在书架上。等到学期、学年或毕业的考试，教员认真的，学生就拼命的连夜阅读讲义，只要把考试对付过去，就永远不再去翻一翻了。要是教员通融一点，学生就先期要求教员告知他要出的题目，至少要求表示一个出题目的范围；教员为避免学生的怀恨与顾全自身的体面起见，往往把题目或范围告知他们了。于是他们不用功的习惯，得了一种保障了。尤其北京大学的学生，是从京师大学堂"老爷"式学生嬗继下来（初办时所收学生，都是京官，所以学生都被称为老爷，而监督及教员都被称为中堂或大人）。他们的目的，不但在毕业，而尤注重在毕业以后的出路。所以专门研究学术的教员，他们不见得欢迎。要是点名时认真一点，考试时严格一点，他们就借个话头反对他，虽罢课也所不惜。若是一位在政府有地位的人来兼课，虽时时请假，他们还是欢迎得很，因为毕业后可以有阔老师做靠山。这种科举时代遗留下来的劣根性，是于求学上很有妨碍的。所以我到校后第一次演说，就说明："大学学生，当以研究学术为天职，不当以大学为升官发财之阶梯。"然而要打破这些习惯，只有从聘请积学而热心的教员着手。

那时候因《新青年》上文学革命的鼓吹，而我们认识留美的胡适之君，他回国后，即请到北大任教授。胡君真是"旧学邃密"而且"新知深沉"的一个人，所以一方面与沈尹默、兼士兄弟、钱玄同、马幼渔、刘半农诸君以新方法整理国故，一方面整理英文系。因胡君之介绍而请到的好教员，颇不少。

我素信学术上的派别是相对的，不是绝对的；所以每一种学科的教员，即使主张不同，若都是"言之成理、持之有故"的，就让他们并存，令学生有自由选择的余地。最明白的是胡适之君与钱玄同君等绝对的提倡白话文学，而刘申叔、黄季刚诸君仍极端维护文言的文学；那时候就让他们并存。我信为应用起见，白话文必要盛行，我也常常作白话文，也替白话文鼓吹；然而我也声明：作美术文，用白话也好，用文言也好。例如我们写字，为应用起见，自然要写行楷，若如江艮庭君的用篆隶写药方，当然不可；若是为人写斗方或屏联，作装饰品，即写篆隶章草，有何不可？

那时候各科都有几个外国教员，都是托中国驻外使馆或外国驻华使馆介绍的，学问未必都好，而来校既久，看了中国教员的阑珊，也跟了阑珊起来。我们斟酌了一番，辞退几人，都按着合同上的条件办的，有一法国教员要控告我；有一英国教习竟要求英国驻华公使朱尔典来同我谈判，我不答应。朱尔典出去后，说："蔡元培是不要再做校长的了。"我也一笑置之。

我从前在教育部时，为了各省高等学堂程度不齐，故改为各大学直接的预科。不意北大的预科，因历年校长的放任与预科学长的误会，竟演成独立的状态。那时候预科中受了教会学校的影响，完全偏重英语及体育两方面；其他科学比较的落后，毕业后若直升本科，发生困难。预科中竟自设了一个预科大学的名义，信笺上亦写此等字样。于是不能不加以改革，使预科直接受本科学长的管理，不再设预科学长。预科中主要的教课，均由本科教员兼任。

我没有本校与他校的界限，常为之通盘打算，求其合理化。是时北大设文、理、工、法、商五科，而北洋大学亦有工、法两科。北京又有一工业专门学校，都是国立的。我以为无此重复的必要，主张以北大的工科并入北洋，而北洋之法科，刻期停办。得北洋大学校长同意及教育部核准，把土木工与矿冶工并到北洋去了。把工科省下来的经费，用在理科上。我本来想把法科与法专并成一科，专授法律，但是没有成功。我觉得那时候的商科，毫无设备，仅有一种普通商业学教课，于是并入法科，使已有的学生毕业后停止。

我那时候有一个理想，以为文、理两科，是农、工、医、药、法、商等应用科学的基础，而这些应用科学的研究时期，仍然要归到文、理两科来。所以文、理两科，必须设各种的研究所；而此两科的教员与毕业生必有若干人是终身在研究所工作，兼任教员，而不愿往别种机关去的。所以完全的大学，当然各科并设，有互相关联的便利。若无此能力，则不妨有一大学专办文、理两科，名为本科，而其他应用各科，可办专科的高等学校，如德、法等国的成例，以表示学与术的区别。因为北大的校舍与经费，决没有兼办各种应用科学的可能，所以想把法律分出去，而编为本科大学；然没有达到目的。

那时候我又有一个理想，以为文、理是不能分科的。例如文科的哲学，必植基于自然科学；而理科学者最后的假定，亦往往牵涉哲学。从前心理学附入哲学，而现在用实验法，应列入理科；教育学与美学，也渐用实验法，有同一趋势。地理学的人文方面，应属文科，而地质地文等方面属理科。历史学自有史以来，属文科，而推原于地质学的冰期与宇宙生成论，则属于理科。所以把北大的三科界限撤去而列为十四系，废学长，设系主任。

我素来不赞成董仲舒罢黜百家、独尊孔氏的主张。清代教育宗旨有"尊孔"一款，已于民元在教育部宣布教育方针时说他不合用了。到北大后，凡是主张文学革命的人，没有不同时主张思想自由的，因而为外间守旧者所反对。适有赵体孟君以编印明遗老刘应秋先生遗集，贻我一函，属约梁任公、章太炎、林琴南诸君品题。我为分别发函后，林君复函，列举彼对于北大怀疑诸点；我复一函，与他辩。这两函颇可窥见那时候两种不同的见解，所以抄在下面。（两函内容略）

这两函虽仅为文化一方面之攻击与辩护，然北大已成为众矢之的，是无可疑了。越四十余日，而有五四运动。我对于学生运动，素有一种成见，以为学生在学校里面，应以求学为最大目的，不应有何等政治的组织。其有年在二十岁以上，对于政治有特殊兴趣者，可以个人资格参加政治团体，不必牵涉学校。所以民国七年夏间，北京各校学生，曾为外交问题，结队游行，向总统府请愿；当北大学生出发时，我曾力阻他们，他们一定要参与；我因此引咎辞职，经慰留而罢。到八年五月四日，学生又有不签字于《巴黎和约》与罢免亲日派曹、陆、章的主张，仍以结队游行为表示，我也就不去阻止他们了。他们因愤激的缘故，遂有焚曹汝霖住宅及攒殴章宗祥的事，学生被警厅逮捕者数十人，各校皆有，而北大学生居多数；我与各专门学校的校长向警厅力保，始释放。但被拘的虽已保释，而学生尚抱再接再厉的决心，政府亦且持不做不休的态度。都中宣传政府将明令免我职而以马其昶君任北大校长，我恐若因此增加学生对于政府的纠纷，我个人且将有运动学生保持地位的嫌疑，不可以不速去。乃一面呈政府，引咎辞职，一面秘密出京，时为五月九日。

那时候学生仍每日分队出去演讲，政府逐队逮捕，因人数太多，就把学生都监禁在北大第三院。北京学生受了这样大的压迫，于是引起全国学生的罢课，而且引起各大都会工商界的同情与公愤，将以罢工、罢市为同样之要求。政府知势不可侮，乃释放被逮诸生，决定不签和约，罢免曹、陆、章，于是五四运动之目的完全达到了。

五四运动之目的既达，北京各校的秩序均恢复，独北大因校长辞职问题，又起了多少纠纷。政府曾一度任命胡次珊君继任，而为学生所反对，不能到校；各方面都要我复职。我离校时本预定决不回去，不但为校务的困难，实因校务以外，常常有许多不相干的缠绕，度一种劳而无功的生活，所以启事上有

"杀君马者道旁儿；民亦劳止，汔可小休；我欲小休矣"等语。但是隔了几个月，校中的纠纷，仍在非我回校不能解决的状态中，我不得已，乃允回校。回校以前，先发表一文，告北京大学学生及全国学生联合会，告以学生救国，重在专研学术，不可常为救国运动而牺牲。到校后，在全体学生欢迎会演说，说明德国大学学长、校长均每年一换，由教授会公举，校长且由神学、医学、法学、哲学四科之教授轮值，从未生过纠纷，完全是教授治校的成绩。北大此后亦当组成健全的教授会，使学校决不因校长一人的去留而起恐慌。

那时候蒋梦麟君已允来北大共事，请他通盘计划，设立教务、总务两处，及聘任财务等委员会，均以教授为委员。请蒋君任总务长，而顾孟余君任教务长。

北大关于文学、哲学等学系，本来有若干基本教员，自从胡适之君到校后，声应气求，又引进了多数的同志，所以兴会较高一点。预定的自然科学、社会科学、文学、国学四种研究所，只有国学研究所先办起来了。在自然科学与社会科学方面，比较的困难一点。自民国九年起，自然科学诸系，请到了丁巽甫、颜任光、李润章诸君主持物理系，李仲揆君主持地质系。在化学系本有王抚五、陈聘丞、丁庶为诸君，而这时候又增聘程寰西、石蘅青诸君。在生物学系本已有钟宪鬯君在东南、西南各省搜罗动植物标本，有李石曾君讲授学理，而这时候又增聘谭仲逵君。于是整理各系的实验室与图书室，使学生在教员指导之下，切实用功；改造第二院礼堂与庭园，使合于讲演之用。在社会科学方面，请到王雪艇、周鲠生、皮皓白诸君；一面诚意指导提起学生好学的精神，一面广购图书杂志，给学生以自由考索的工具。丁巽甫君以物理学教授兼预科主任，提高预科程度。于是北大始达到各系平均发展的境界。

我是素来主张男女平等的，九年，有女学生要求进校，以考期已过，姑录为旁听生。及暑假招考，就正式招收女生。有人问我："兼收女生是新法，为什么不先请教育部核准？"我说："教育部的大学令，并没有专收男生的规定；从前女生不来要求，所以没有女生；现在女生来要求，而程度又够得上，大学就没有拒绝的理。"这是男女同校的开始，后来各大学都兼收女生了。

我是佩服章实斋先生的，那时候国史馆附设在北大，我定了一个计划，分征集、纂辑两股；纂辑股又分通史、民国史两类；均从长编入手。并编历史辞典。聘屠敬山、张蔚西、薛阆仙、童亦韩、徐贻孙诸君分任征集编纂等务。后来政府忽又有国史馆独立一案，别行组织。于是张君所编的民国史，薛、童、徐诸君所编的辞典，均因篇帙无多，视同废纸；只有屠君在馆中仍编他的蒙兀儿史，躬自保存，没有散失。

我本来很注意于美育的，北大有美学及美术史教课，除中国美术史由叶浩吾君讲授外，没有人肯讲美学。十年，我讲了十余次，因足疾进医院停止。至于美育的设备，曾设书法研究会，请沈尹默、马叔平诸君主持。设画书研究会，请贺履之、汤定之诸君教授国画；比国楷次君教授油画。设音乐研究会，请萧友梅君主持。均听学生自由选习。

我在爱国学社时，曾断发而习兵操，对于北大学生之愿受军事训练的，常特别助成；曾集这些学生，编成学生军，聘白雄远君任教练之责，亦请蒋百里、黄膺伯诸君到场演讲。白君勤恳而有恒，历十年如一日，实为难得的军人。

我在九年的冬季，曾往欧美考察高等教育状况，历一年回来。这期间的校长任务，是由总务长蒋君代理的。回国以后，看北京政府的情形，日坏一日，我处在与政府常有接触的地位，日想脱离。十一年冬，财政总长罗钧任君忽以金佛郎问题被逮，释放后，又因教育总长彭允彝君提议，重复收禁。我对于彭君此举，在公议上，认为是蹂躏人权献媚军阀的勾当；在私情上，罗君是我在北大的同事，而且于考察教育时为最密切的同伴，他的操守，为我所深信，我不免大抱不平，与汤尔和、邵飘萍、蒋梦麟诸君会商，均认有表示的必要。我于是一面递辞呈，一面离京。隔了几个月，贿选总统的布置，渐渐的实现；而要求我回校的代表，还是不绝，我遂于十二年七月间重往欧洲，表示决心；至十五年，始回国。那时候，京津间适有战争，不能回校一看。十六年，国民政府成立，我在大学院，试行大学区制，以北大划入北平大学区范围，于是我的北京大学校长的名义，始得取消。

综计我居北京大学校长的名义，十年有半；而实际在校办事，不过五年有半，一经回忆，不胜惭悚。

鲁迅

影响中国一个世纪的伟大人物

你以为的鲁迅
- 战斗在一线的文化战士
- 热忱的民族英雄
- 笔锋犀利的作家
- 无趣
- 严肃
- 清醒
- 横眉怒目

实际上的鲁迅
- 「段子手」
- 重度甜食爱好者
- 「探店」高手
- 「吃货」
- 美食博主
- 爱搞点恶作剧
- 幽默
- 风趣
- 洒脱不羁
- 真挚纯粹

鲁迅

鲁迅（1881—1936），原名周樟寿，后改名周树人，浙江绍兴人。1918年，他首次以"鲁迅"为笔名，发表了中国现代文学史上第一篇白话小说《狂人日记》。

他是我国著名的文学家、思想家、革命家、教育家、民主战士，也是新文化运动的重要参与者，更是中国现代文学的奠基人之一。他对五四运动以后的中国社会思想文化发展具有重大影响。代表作品集有《呐喊》《彷徨》《故事新编》《朝花夕拾》《野草》《华盖集》等。

狂人日记

某君昆仲,今隐其名,皆余昔日在中学时良友;分隔多年,消息渐阙。日前偶闻其一大病;适归故乡,迂道往访,则仅晤一人,言病者其弟也。劳君远道来视,然已早愈,赴某地候补矣。因大笑,出示日记二册,谓可见当日病状,不妨献诸旧友。持归阅一过,知所患盖"迫害狂"之类。语颇错杂无伦次,又多荒唐之言;亦不著月日,惟墨色字体不一,知非一时所书。间亦有略具联络者,今撮录一篇,以供医家研究。记中语误,一字不易;惟人名虽皆村人,不为世间所知,无关大体,然亦悉易去。至于书名,则本人愈后所题,不复改也。——七年四月二日识

一

今天晚上,很好的月光。

我不见他，已是三十多年；今天见了，精神分外爽快。才知道以前的三十多年，全是发昏；然而须十分小心。不然，那赵家的狗，何以看我两眼呢？

我怕得有理。

二

今天全没月光，我知道不妙。早上小心出门，赵贵翁的眼色便怪：似乎怕我，似乎想害我。还有七八个人，交头接耳的议论我，又怕我看见。一路上的人，都是如此。其中最凶的人，张着嘴，对我笑了一笑；我便从头直冷到脚根，晓得他们布置，都已妥当了。

我可不怕，仍旧走我的路。前面一伙小孩子，也在那里议论我；眼色也同赵贵翁一样，脸色也铁青。我想我同小孩子有什么仇，他也这样。忍不住大声说，"你告诉我！"他们可就跑了。

我想：我同赵贵翁有什么仇，同路上的人又有什么仇；只有廿年以前，把古久先生的陈年流水簿子，踹了一脚，古久先生很不高兴。赵贵翁虽然不认识他，一定也听到风声，代抱不平；约定路上的人，同我作冤对。但是小孩子呢？那时候，他们还没有出世，何以今天也睁着怪眼睛，似乎怕我，似乎想害我。这真教我怕，教我纳罕而且伤心。

我明白了。这是他们娘老子教的！

三

晚上总是睡不着。凡事须得研究，才会明白。

他们——也有给知县打枷过的，也有给绅士掌过嘴的，也有衙役占了他妻子的，也有老子娘被债主逼死的；他们那时候的脸色，全没有昨天这么怕，也没有这么凶。

最奇怪的是昨天街上的那个女人，打他儿子，嘴里说道，"老子呀！我要咬你几口才出气！"他眼睛却看着我。我出了一惊，遮掩不住；那青面獠牙的一伙人，便都哄笑起来。陈老五赶上前，硬把我拖回家中了。

拖我回家，家里的人都装作不认识我；他们的脸色，也全同别人一样。进了书房，便反扣上门，宛然是关了一只鸡鸭。这一件事，越教我猜不出底细。

前几天，狼子村的佃户来告荒，对我大哥说，他们村里的一个大恶人，给大家打死了；几个人便挖出他的心肝来，用油煎炒了吃，可以壮壮胆子。我插了一句嘴，佃户和大哥便都看我几眼。今天才晓得他们的眼光，全同外面的那伙人一模一样。

想起来，我从顶上直冷到脚跟。

他们会吃人，就未必不会吃我。

你看那女人"咬你几口"的话，和一伙青面獠牙人的笑，和前天佃户的话，明明是暗号。我看出他话中全是毒，笑中全是刀。他们的牙齿，全是白厉厉的排着，这就是吃人的家伙。

照我自己想，虽然不是恶人，自从踹了古家的簿子，可就难说了。他们似乎别有心思，我全猜不出。况且他们一翻脸，便说人是恶人。我还记得大哥教我做论，无论怎样好人，翻他几句，他便打上几个圈；原谅坏人几句，他便说"翻天妙手，与众不同"。我那里猜得到他们的心思，究竟怎样；况且是要吃的时候。

凡事总须研究，才会明白。古来时常吃人，我也还记得，可是不甚清楚。我翻开历史一查，这历史没有年代，歪歪斜斜的每叶①上都写着"仁义道德"几个字。我横竖睡不着，仔细看了半夜，才从字缝里看出字来，满本都写着两个字是"吃人"！

书上写着这许多字，佃户说了这许多话，却都笑吟吟的睁着怪眼睛看我。

我也是人，他们想要吃我了！

四

早上，我静坐了一会。陈老五送进饭来，一碗菜，一碗蒸鱼；这鱼的眼睛，白而且硬，张着嘴，同那一伙想吃人的人一样。吃了几筷，滑溜溜的不知是鱼是人，便把他兜肚连肠的吐出。

我说"老五，对大哥说，我闷得慌，想到园里走走。"老

---

① 叶：同"页"。

五不答应,走了;停一会,可就来开了门。

　　我也不动,研究他们如何摆布我;知道他们一定不肯放松。果然!我大哥引了一个老头子,慢慢走来;他满眼凶光,怕我看出,只是低头向着地,从眼镜横边暗暗看我。大哥说,"今天你仿佛很好。"我说"是的。"大哥说,"今天请何先生来,给你诊一诊。"我说"可以!"其实我岂不知道这老头子是刽子手扮的!无非借了看脉这名目,揣一揣肥瘠:因这功劳,也分一片肉吃。我也不怕;虽然不吃人,胆子却比他们还壮。伸出两个拳头,看他如何下手。老头子坐着,闭了眼睛,摸了好一会,呆了好一会;便张开他鬼眼睛说,"不要乱想。静静的养几天,就好了。"

　　不要乱想,静静的养!养肥了,他们是自然可以多吃;我有什么好处,怎么会"好了"?他们这群人,又想吃人,又是鬼鬼祟祟,想法子遮掩,不敢直捷①下手,真要令我笑死。我忍不住,便放声大笑起来,十分快活。自己晓得这笑声里面,有的是义勇和正气。老头子和大哥,都失了色,被我这勇气正气镇压住了。

　　但是我有勇气,他们便越想吃我,沾光一点这勇气。老头子跨出门,走不多远,便低声对大哥说道,"赶紧吃罢!"大哥点点头。原来也有你!这一件大发见,虽似意外,也在意中:合伙吃我的人,便是我的哥哥!

---

①　直捷:直截了当。

吃人的是我哥哥！

我是吃人的人的兄弟！

我自己被人吃了，可仍然是吃人的人的兄弟！

五

这几天是退一步想：假使那老头子不是刽子手扮的，真是医生，也仍然是吃人的人。他们的祖师李时珍做的"本草什么"①上，明明写着人肉可以煎吃；他还能说自己不吃人么？

至于我家大哥，也毫不冤枉他。他对我讲书的时候，亲口说过可以"易子而食"；又一回偶然议论起一个不好的人，他便说不但该杀，还当"食肉寝皮"。我那时年纪还小，心跳了好半天。前天狼子村佃户来说吃心肝的事，他也毫不奇怪，不住的点头。可见心思是同从前一样狠。既然可以"易子而食"，便什么都易得，什么人都吃得。我从前单听他讲道理，也胡涂②过去；现在晓得他讲道理的时候，不但唇边还抹着人油，而且心里满装着吃人的意思。

---

① "本草什么"：指明代医药学家李时珍所著的《本草纲目》。该书记载了唐代陈藏器《本草拾遗》中以人肉医治痨病的内容。这里将李时珍的《本草纲目》与陈藏器的《本草拾遗》混淆了。

② 胡涂：即糊涂。

六

黑漆漆的，不知是日是夜。赵家的狗又叫起来了。

狮子似的凶心，兔子的怯弱，狐狸的狡猾，……

七

我晓得他们的方法，直捷杀了，是不肯的，而且也不敢，怕有祸祟。所以他们大家连络，布满了罗网，逼我自戕。试看前几天街上男女的样子，和这几天我大哥的作为，便足可悟出八九分了。最好是解下腰带，挂在梁上，自己紧紧勒死；他们没有杀人的罪名，又偿了心愿，自然都欢天喜地的发出一种呜呜咽咽的笑声。否则惊吓忧愁死了，虽则略瘦，也还可以首肯几下。

他们是只会吃死肉的！——记得什么书上说，有一种东西，叫"海乙那"[①]的，眼光和样子都很难看；时常吃死肉，连极大的骨头，都细细嚼烂，咽下肚子去，想起来也教人害怕。"海乙那"是狼的亲眷，狼是狗的本家。前天赵家的狗，看我几眼，可见他也同谋，早已接洽。老头子眼看着地，岂能瞒得我过。

最可怜的是我的大哥，他也是人，何以毫不害怕；而且合伙吃我呢？还是历来惯了，不以为非呢？还是丧了良心，明知

---

① 海乙那：英文hyena的音译，即鬣狗。

故犯呢?

　　我诅咒吃人的人,先从他起头;要劝转吃人的人,也先从他下手。

八

　　其实这种道理,到了现在,他们也该早已懂得,……

　　忽然来了一个人;年纪不过二十左右,相貌是不很看得清楚,满面笑容,对了我点头,他的笑也不像真笑。我便问他,"吃人的事,对么?"他仍然笑着说,"不是荒年,怎么会吃人。"我立刻就晓得,他也是一伙,喜欢吃人的;便自勇气百倍,偏要问他。

　　"对么?"

　　"这等事问他什么。你真会……说笑话。……今天天气很好。"

　　天气是好,月色也很亮了。可是我要问你,"对么?"

　　他不以为然了。含含胡胡①的答道,"不……"

　　"不对?他们何以竟吃?!"

　　"没有的事……"

　　"没有的事?狼子村现吃;还有书上都写着,通红斩新!"

　　他便变了脸,铁一般青。睁着眼说,"有许有的,这是从

---

①　含含胡胡:即含含糊糊。

来如此……"

"从来如此,便对么?"

"我不同你讲这些道理;总之你不该说,你说便是你错!"

我直跳起来,张开眼,这人便不见了。全身出了一大片汗。他的年纪,比我大哥小得远,居然也是一伙;这一定是他娘老子先教的。还怕已经教给他儿子了;所以连小孩子,也都恶狠狠的看我。

九

自己想吃人,又怕被别人吃了,都用着疑心极深的眼光,面面相觑。……

去了这心思,放心做事走路吃饭睡觉,何等舒服。这只是一条门槛,一个关头。他们可是父子兄弟夫妇朋友师生仇敌和各不相识的人,都结成一伙,互相劝勉,互相牵掣,死也不肯跨过这一步。

十

大清早,去寻我大哥;他立在堂门外看天,我便走到他背后,拦住门,格外沉静,格外和气的对他说,

"大哥,我有话告诉你。"

"你说就是,"他赶紧回过脸来,点点头。

"我只有几句话,可是说不出来。大哥,大约当初野蛮的人,都吃过一点人。后来因为心思不同,有的不吃人了,一味要好,便变了人,变了真的人。有的却还吃,——也同虫子一样,有的变了鱼鸟猴子,一直变到人。有的不要好,至今还是虫子。这吃人的人比不吃人的人,何等惭愧。怕比虫子的惭愧猴子,还差得很远很远。

"易牙蒸了他儿子,给桀纣吃,还是一直从前的事。谁晓得从盘古开辟天地以后,一直吃到易牙的儿子;从易牙的儿子,一直吃到徐锡林①;从徐锡林,又一直吃到狼子村捉住的人。去年城里杀了犯人,还有一个生痨病的人,用馒头蘸血舐。

"他们要吃我,你一个人,原也无法可想;然而又何必去入伙。吃人的人,什么事做不出;他们会吃我,也会吃你,一伙里面,也会自吃。但只要转一步,只要立刻改了,也就人人太平。虽然从来如此,我们今天也可以格外要好,说是不能!大哥,我相信你能说,前天佃户要减租,你说过不能。"

当初,他还只是冷笑,随后眼光便凶狠起来,一到说破他们的隐情,那就满脸都变成青色了。大门外立着一伙人,赵贵翁和他的狗,也在里面,都探头探脑的挨进来。有的是看不出面貌,似乎用布蒙着;有的是仍旧青面獠牙,抿着嘴笑。我认识他们是一伙,都是吃人的人。可是也晓得他们心思很不一样,一种是以为从来如此,应该吃的;一种是知道不该吃,可是仍

---

① 徐锡林:暗指徐锡麟。

然要吃，又怕别人说破他，所以听了我的话，越发气愤不过，可是抿着嘴冷笑。

这时候，大哥也忽然显出凶相，高声喝道，

"都出去！疯子有什么好看！"

这时候，我又懂得一件他们的巧妙了。他们岂但不肯改，而且早已布置；预备下一个疯子的名目罩上我。将来吃了，不但太平无事，怕还会有人见情。佃户说的大家吃了一个恶人，正是这方法。这是他们的老谱！

陈老五也气愤愤的直走进来。如何按得住我的口，我偏要对这伙人说，

"你们可以改了，从真心改起！要晓得将来容不得吃人的人，活在世上。

"你们要不改，自己也会吃尽。即使生得多，也会给真的人除灭了，同猎人打完狼子一样！——同虫子一样！"

那一伙人，都被陈老五赶走了。大哥也不知那里去了。陈老五劝我回屋子里去。屋里面全是黑沉沉的。横梁和椽子都在头上发抖；抖了一会，就大起来，堆在我身上。

万分沉重，动弹不得；他的意思是要我死。我晓得他的沉重是假的，便挣扎出来，出了一身汗。可是偏要说，

"你们立刻改了，从真心改起！你们要晓得将来是容不得吃人的人，……"

十一

太阳也不出，门也不开，日日是两顿饭。

我捏起筷子，便想起我大哥；晓得妹子死掉的缘故，也全在他。那时我妹子才五岁，可爱可怜的样子，还在眼前。母亲哭个不住，他却劝母亲不要哭；大约因为自己吃了，哭起来不免有点过意不去。如果还能过意不去，……

妹子是被大哥吃了，母亲知道没有，我可不得而知。

母亲想也知道；不过哭的时候，却并没有说明，大约也以为应当的了。记得我四五岁时，坐在堂前乘凉，大哥说爷娘生病，做儿子的须割下一片肉来，煮熟了请他吃，才算好人；母亲也没有说不行。一片吃得，整个的自然也吃得。但是那天的哭法，现在想起来，实在还教人伤心，这真是奇极的事！

十二

不能想了。

四千年来时时吃人的地方，今天才明白，我也在其中混了多年；大哥正管着家务，妹子恰恰死了，他未必不和在饭菜里，暗暗给我们吃。

我未必无意之中，不吃了我妹子的几片肉，现在也轮到我自己，……

有了四千年吃人履历的我，当初虽然不知道，现在明白，难见真的人!

十三

没有吃过人的孩子,或者还有?

救救孩子……

一九一八年四月。

孔乙己

鲁镇的酒店的格局,是和别处不同的:都是当街一个曲尺形的大柜台,柜里面预备着热水,可以随时温酒。做工的人,傍午傍晚散了工,每每花四文铜钱,买一碗酒,——这是二十多年前的事,现在每碗要涨到十文,——靠柜外站着,热热的喝了休息;倘肯多花一文,便可以买一碟盐煮笋,或茴香豆,做下酒物了,如果出到十几文,那就能买一样荤菜,但这些顾客,多是短衣帮,大抵没有这样阔绰。只有穿长衫的,才踱进店面隔壁的房子里,要酒要菜,慢慢地坐喝。

我从十二岁起,便在镇口的咸亨酒店里当伙计,掌柜说,样子太傻,怕侍候不了长衫主顾,就在外面做点事罢。外面的短衣主顾,虽然容易说话,但唠唠叨叨缠夹不清的也很不少。他们往往要亲眼看着黄酒从坛子里舀出,看过壶子底里有水没有,又亲看将壶子放在热水里,然后放心:在这严重监督下,羼水[①]也很为难。所以过了几天,掌柜又说我干不了这事。幸亏荐头的情面大,辞退不得,便改为专管温酒的一种无聊职务了。

我从此便整天的站在柜台里,专管我的职务。虽然没有什么失职,但总觉得有些单调,有些无聊。掌柜是一副凶面孔,主顾也没有好声气,教人活泼不得;只有孔乙己到店,才可以笑几声,所以至今还记得。

孔乙己是站着喝酒而穿长衫的唯一的人。他身材很高大;青白脸色,皱纹间时常夹些伤痕;一部乱蓬蓬的花白的胡子。穿的虽然是长衫,可是又脏又破,似乎十多年没有补,也没有洗。他对人说话,总是满口之乎者也,教人半懂不懂的。因为他姓孔,别人便从描红纸上的"上大人孔乙己"这半懂不懂的话里,替他取下一个绰号,叫作孔乙己。孔乙己一到店,所有喝酒的人便都看着他笑,有的叫道,"孔乙己,你脸上又添上新伤疤了!"他不答应,对柜里说,"温两碗酒,要一碟茴香豆。"便排出九文大钱。他们又故意的高声嚷道,"你一定又偷了人家的东西了!"孔乙己睁大眼睛说,"你怎么这样凭空污人清白……""什么清白?我前天亲眼见你偷了何家的书,吊着打。"孔乙己便涨红了脸,额上的青筋条条绽出,争辩道,"窃书不能算偷……窃书!……读书人的事,能算偷么?"接连便是难懂的话,什么"君子固穷",什么"者乎"之类,引得众人都

---

① 羼(chàn)水:指向酒里掺杂水,现多用"掺水"。

哄笑起来：店内外充满了快活的空气。

　　听人家背地里谈论，孔乙己原来也读过书，但终于没有进学，又不会营生；于是愈过愈穷，弄到将要讨饭了。幸而写得一笔好字，便替人家钞钞书，换一碗饭吃。可惜他又有一样坏脾气，便是好吃懒做。坐不到几天，便连人和书籍纸张笔砚，一齐失踪。如是几次，叫他钞书的人也没有了。孔乙己没有法，便免不了偶然做些偷窃的事。但他在我们店里，品行却比别人都好，就是从不拖欠；虽然间或没有现钱，暂时记在粉板上，但不出一月，定然还清，从粉板上拭去了孔乙己的名字。

　　孔乙己喝过半碗酒，涨红的脸色渐渐复了原，旁人便又问道，"孔乙己，你当真认识字么？"孔乙己看着问他的人，显出不屑置辩的神气。他们便接着说道，"你怎的连半个秀才也捞不到呢？"孔乙己立刻显出颓唐不安模样，脸上笼上了一层灰色，嘴里说些话；这回可是全是之乎者也之类，一些不懂了。在这时候，众人也都哄笑起来：店内外充满了快活的空气。

　　在这些时候，我可以附和着笑，掌柜是决不责备的。而且掌柜见了孔乙己，也每每这样问他，引人发笑。孔乙己自己知道不能和他们谈天，便只好向孩子说话。有一回对我说道，"你读过书么？"我略略点一点头。他说，"读过书，……我便考你一考。茴香豆的茴字，怎样写的？"我想，讨饭一样的人，也配考我么？便回过脸去，不再理会。孔乙己等了许久，很恳切的说道，"不能写罢？……我教给你，记着！这些字应该记着。将来做掌柜的时候，写账要用。"我暗想我和掌柜的等级还很远呢,而且我们掌柜也从不将茴香豆上账;又好笑,又不耐烦,懒懒的答他道,"谁要你教,不是草头底下一个来回的回字么?"孔乙己显出极高兴的样子,将两个指头的长指甲敲着柜台,点头说,"对呀对呀!……回字有四样写法,你知道么?"我愈不耐烦了,努着嘴走远。孔乙己刚用指甲蘸了酒,想在柜上写字,见我毫不热心,便又叹一口气,显出极惋惜的样子。

有几回,邻居孩子听得笑声,也赶热闹,围住了孔乙己。他便给他们茴香豆吃,一人一颗。孩子吃完豆,仍然不散,眼睛都望着碟子。孔乙己着了慌,伸开五指将碟子罩住,弯腰下去说道,"不多了,我已经不多了。"直起身又看一看豆,自己摇头说,"不多不多!多乎哉?不多也。"于是这一群孩子都在笑声里走散了。

孔乙己是这样的使人快活,可是没有他,别人也便这么过。

有一天,大约是中秋前的两三天,掌柜正在慢慢的结账,取下粉板,忽然说,"孔乙己长久没有来了。还欠十九个钱呢!"我才也觉得他的确长久没有来了。一个喝酒的人说道,"他怎么会来?……他打折了腿了。"掌柜说,"哦!""他总仍旧是偷。这一回,是自己发昏,竟偷到丁举人家里去了。他家的东西,偷得的么?""后来怎么样?""怎么样?先写服辩,后来是打,打了大半夜,再打折了腿。""后来呢?""后来打折了腿了。""打折了怎样呢?""怎样?……谁晓得?许是死了。"掌柜也不再问,仍然慢慢的算他的账。

中秋之后,秋风是一天凉比一天,看看将近初冬;我整天的靠着火,也须穿上棉袄了。一天的下半天,没有一个顾客,我正合了眼坐着。忽然间听得一个声音,"温一碗酒。"这声音虽然极低,却很耳熟。看时又全没有人。站起来向外一望,那孔乙己便在柜台下对了门槛坐着。他脸上黑而且瘦,已经不成样子;穿一件破夹袄,盘着两腿,下面垫一个蒲包,用草绳在肩上挂住;见了我,又说道,"温一碗酒。"掌柜也伸出头去,一面说,"孔乙己么?你还欠十九个钱呢!"孔乙己很颓唐的仰面答道,"这……下回还清罢。这一回是现钱,酒要好。"掌柜仍然同平常一样,笑着对他说,"孔乙己,你又偷了东西了!"但他这回却不十分分辩,单说了一句"不要取笑!""取笑?要是不偷,怎么会打断腿?"孔乙己低声说道,"跌断,跌,跌……"他的眼色,很像恳求掌柜,不要再提。此时已经聚集了几个人,便和掌柜都笑了。我温了酒,端出去,放在门槛上。他从破衣袋里摸出四文大钱,放在我手里,见他满手是泥,原来他便用这手走来的。不一会,他喝完酒,便又在旁人的说笑声中,坐着用这手慢慢走去了。

　　自此以后,又长久没有看见孔乙己。到了年关,掌柜取下粉板说,"孔乙己还欠十九个钱呢!"到第二年的端午,又说"孔乙己还欠十九个钱呢!"到中秋可是没有说,再到年关也没有看见他。

　　我到现在终于没有见——大约孔乙己的确死了。

一九一九年三月。

故乡

　　我冒了严寒,回到相隔二千余里,别了二十余年的故乡去。

　　时候既然是深冬;渐近故乡时,天气又阴晦了,冷风吹进船舱中,呜呜的响,从蓬隙向外一望,苍黄的天底下,远近横着几个萧索的荒村,没有一些活气。我的心禁不住悲凉起来了。

　　阿!这不是我二十年来时时记得的故乡?

　　我所记得的故乡全不如此。我的故乡好得多了。但要我记起他的美丽,说出他的佳处来,却又没有影像,没有言辞了。仿佛也就如此。于是我自己解释说:故乡本也如此,——虽然没有进步,也未必有如我所感的悲凉,这只是我自己心情的改变罢了,因为我这次回乡,本没有什么好心绪。

　　我这次是专为了别他而来的。我们多年聚族而居的老屋,已经公同卖给别姓了,交屋的期限,只在本年,所以必须赶在正月初一以前,永别了熟识的老屋,而且远离了熟识的故乡,搬家到我在谋食的异地去。

第二日清早晨我到了我家的门口了。瓦楞上许多枯草的断茎当风抖着，正在说明这老屋难免易主的原因。几房的本家大约已经搬走了，所以很寂静。我到了自家的房外，我的母亲早已迎着出来了，接着便飞出了八岁的侄儿宏儿。

我的母亲很高兴，但也藏着许多凄凉的神情，教我坐下，歇息，喝茶，且不谈搬家的事。宏儿没有见过我，远远的对面站着只是看。

但我们终于谈到搬家的事。我说外间的寓所已经租定了，又买了几件家具，此外须将家里所有的木器卖去，再去增添。母亲也说好，而且行李也略已齐集，木器不便搬运的，也小半卖去了，只是收不起钱来。

"你休息一两天，去拜望亲戚本家一回，我们便可以走了。"母亲说。

"是的。"

"还有闰土，他每到我家来时，总问起你，很想见你一回面。我已经将你到家的大约日期通知他，他也许就要来了。"

这时候，我的脑里忽然闪出一幅神异的图画来：深蓝的天空中挂着一轮金黄的圆月，下面是海边的沙地，都种着一望无际的碧绿的西瓜，其间有一个十一二岁的少年，项带银圈，手捏一柄钢叉，向一匹猹尽力的刺去，那猹却将身一扭，反从他的胯下逃走了。

这少年便是闰土。我认识他时，也不过十多岁，离现在将有三十年了；那时我的父亲还在世，家景也好，我正是一个少爷。

那一年，我家是一件大祭祀的值年①。这祭祀，说是三十多年才能轮到一回，所以很郑重；正月里供祖像，供品很多，祭器很讲究，拜的人也很多，祭器也很要防偷去。我家只有一个忙月（我们这里给人做工的分三种：整年给一定人家做工的叫长年；按日给人做工的叫短工；自己也种地，只在过年过节以及收租时候来给一定人家做工的称忙月），忙不过来，他便对父亲说，可以叫他的儿子闰土来管祭器的。

我的父亲允许了；我也很高兴，因为我早听到闰土这名字，而且知道他和我仿佛年纪，闰月生的，五行缺土，所以他的父亲叫他闰土。他是能装弶捉小鸟雀的。

我于是日日盼望新年，新年到，闰土也就到了。好容易到了年末，有一日，母亲告诉我，闰土来了，我便飞跑的去看。他正在厨房里，紫色的圆脸，头戴一顶小毡帽，颈上套一个明晃晃的银项圈，这可见他的父亲十分爱他，怕他死去，所以在神佛面前许下愿心，用圈子将他套住了。他见人很怕羞，只是不怕我，没有旁人的时候，便和我说话，于是不到半日，我们便熟识了。

我们那时候不知道谈些什么，只记得闰土很高兴，说是上城之后，见了许多没有见过的东西。

第二日，我便要他捕鸟。他说：

"这不能。须大雪下了才好。我们沙地上，下了雪，我扫

---

① 大祭祀的值年：在封建社会中，一些比较大的家族，每年都会祭祀祖先，由各房每年轮流负责筹备，轮到当值的称为"值年"。

出一块空地来,用短棒支起一个大竹匾,撒下秕谷,看鸟雀来吃时,我远远地将缚在棒上的绳子只一拉,那鸟雀就罩在竹匾下了。什么都有:稻鸡,角鸡,鹁鸪,蓝背……"

我于是又很盼望下雪。

闰土又对我说:

"现在太冷,你夏天到我们这里来。我们日里到海边检①贝壳去,红的绿的都有,鬼见怕也有,观音手也有②。晚上我和爹管西瓜去,你也去。"

"管贼么?"

"不是。走路的人口渴了摘一个瓜吃,我们这里是不算偷的。要管的是獾猪,刺猬,猹。月亮地下,你听,啦啦的响了,猹在咬瓜了。你便捏了胡叉,轻轻地走去……"

我那时并不知道这所谓猹的是怎么一件东西——便是现在也没有知道——只是无端的觉得状如小狗而很凶猛。

"他不咬人么?"

"有胡叉呢。走到了,看见猹了,你便刺。这畜生很伶俐,倒向你奔来,反从胯下窜了。他的皮毛是油一般的滑……"

我素不知道天下有这许多新鲜事:海边有如许五色的贝壳;西瓜有这样危险的经历,我先前单知道他在水果店里出卖罢了。

"我们沙地里,潮汛要来的时候,就有许多跳鱼儿只是跳,

---

① 检:同"捡"。
② 鬼见怕和观音手:均为小贝壳。旧时浙江沿海的人把这种小贝壳用线串在一起,戴在孩子的手腕或脚踝上,以求"避邪"。

都有青蛙似的两个脚……"

阿！闰土的心里有无穷无尽的希奇的事，都是我往常的朋友所不知道的。他们不知道一些事，闰土在海边时，他们都和我一样只看见院子里高墙上的四角的天空。

可惜正月过去了，闰土须回家里去，我急得大哭，他也躲到厨房里，哭着不肯出门，但终于被他父亲带走了。他后来还托他的父亲带给我一包贝壳和几支很好看的鸟毛，我也曾送他一两次东西，但从此没有再见面。

现在我的母亲提起了他，我这儿时的记忆，忽而全都闪电似的苏生过来，似乎看到了我的美丽的故乡了。我应声说：

"这好极！他，——怎样？……"

"他？……他景况也很不如意……"母亲说着，便向房外看，"这些人又来了。说是买木器，顺手也就随便拿走的，我得去看看。"

母亲站起身，出去了。门外有几个女人的声音。我便招宏儿走近面前，和他闲话：问他可会写字，可愿意出门。

"我们坐火车去么？"

"我们坐火车去。"

"船呢？"

"先坐船，……"

"哈！这模样了！胡子这么长了！"一种尖利的怪声突然大叫起来。

我吃了一吓，赶忙抬起头，却见一个凸颧骨，薄嘴唇，五十岁上下的女人站在我面前,两手搭在髀间,没有系裙,张着两脚,正像一个画图仪器里细脚伶仃的圆规。

我愕然了。

"不认识了么?我还抱过你咧!"

我愈加愕然了。幸而我的母亲也就进来,从旁说:

"他多年出门,统忘却了。你该记得罢,"便向着我说,"这是斜对门的杨二嫂,……开豆腐店的。"

哦,我记得了。我孩子时候,在斜对门的豆腐店里确乎终日坐着一个杨二嫂,人都叫伊"豆腐西施"。但是擦着白粉,颧骨没有这么高,嘴唇也没有这么薄,而且终日坐着,我也从没有见过这圆规式的姿势。那时人说:因为伊,这豆腐店的买卖非常好。但这大约因为年龄的关系,我却并未蒙着一毫感化,所以竟完全忘却了。然而圆规很不平,显出鄙夷的神色,仿佛嗤笑法国人不知道拿破仑,美国人不知道华盛顿似的,冷笑说:

"忘了?这真是贵人眼高……"

"那有这事……我……"我惶恐着,站起来说。

"那么,我对你说。迅哥儿,你阔了,搬动又笨重,你还要什么这些破烂木器,让我拿去罢。我们小户人家,用得着。"

"我并没有阔哩。我须卖了这些,再去……"

"阿呀呀,你放了道台了,还说不阔?你现在有三房姨太太;出门便是八抬的大轿,还说不阔?吓,什么都瞒不过我。"

我知道无话可说了,便闭了口,默默的站着。

"阿呀阿呀,真是愈有钱,便愈是一毫不肯放松,愈是一毫不肯放松，便愈有钱……"圆规一面愤愤的回转身，一面絮絮的说，慢慢向外走，顺便将我母亲的一副手套塞在裤腰里，出去了。

此后又有近处的本家和亲戚来访问我。我一面应酬，偷空便收拾些行李，这样的过了三四天。

一日是天气很冷的午后，我吃过午饭，坐着喝茶，觉得外面有人进来了，便回头去看。我看时，不由的非常出惊，慌忙站起身，迎着走去。

这来的便是闰土。虽然我一见便知道是闰土，但又不是我这记忆上的闰土了。他身材增加了一倍；先前的紫色的圆脸，已经变作灰黄，而且加上了很深的皱纹；眼睛也像他父亲一样，周围都肿得通红，这我知道，在海边种地的人，终日吹着海风，大抵是这样的。他头上是一顶破毡帽，身上只一件极薄的棉衣，浑身瑟索着；手里提着一个纸包和一支长烟管，那手也不是我所记得的红活圆实的手，却又粗又笨而且开裂，像是松树皮了。

我这时很兴奋，但不知道怎么说才好，只是说：

"阿！闰土哥，——你来了？……"

我接着便有许多话，想要连珠一般涌出：角鸡，跳鱼儿，贝壳，猹，……但又总觉得被什么挡着似的，单在脑里面回旋，吐不出口外去。

他站住了，脸上现出欢喜和凄凉的神情；动着嘴唇，却没有作声。他的态度终于恭敬起来了，分明的叫道：

"老爷！……"

我似乎打了一个寒噤；我就知道，我们之间已经隔了一层可悲的厚障壁了。我也说不出话。

他回过头去说，"水生，给老爷磕头。"便拖出躲在背后的孩子来，这正是一个廿年前的闰土，只是黄瘦些，颈子上没有银圈罢了。"这是第五个孩子，没有见过世面，躲躲闪闪……"

母亲和宏儿下楼来了，他们大约也听到了声音。

"老太太。信是早收到了。我实在喜欢的了不得，知道老爷回来……"闰土说。

"阿，你怎的这样客气起来。你们先前不是哥弟称呼么？还是照旧：迅哥儿。"母亲高兴的说。

"阿呀，老太太真是……这成什么规矩。那时是孩子，不懂事……"闰土说着，又叫水生上来打拱，那孩子却害羞，紧紧的只贴在他背后。

"他就是水生？第五个？都是生人，怕生也难怪的；还是宏儿和他去走走。"母亲说。

宏儿听得这话，便来招水生，水生却松松爽爽同他一路出去了。母亲叫闰土坐，他迟疑了一回，终于就了坐，将长烟管靠在桌旁，递过纸包来，说：

"冬天没有什么东西了。这一点干青豆倒是自家晒在那里的，请老爷……"

我问问他的景况。他只是摇头。

"非常难。第六个孩子也会帮忙了，却总是吃不够……又不太平……什么地方都要钱，没有规定……收成又坏。种出东西来,挑去卖,总要捐几回钱,折了本;不去卖,又只能烂掉……"

他只是摇头;脸上虽然刻着许多皱纹,却全然不动,仿佛石像一般。他大约只是觉得苦,却又形容不出,沉默了片时,便拿起烟管来默默的吸烟了。

母亲问他,知道他的家里事务忙,明天便得回去;又没有吃过午饭,便叫他自己到厨下炒饭吃去。

他出去了;母亲和我都叹息他的景况:多子,饥荒,苛税,兵,匪,官,绅,都苦得他像一个木偶人了。母亲对我说,凡是不必搬走的东西,尽可以送他,可以听他自己去拣择。

下午,他拣好了几件东西:两条长桌,四个椅子,一副香炉和烛台,一杆抬秤。他又要所有的草灰(我们这里煮饭是烧稻草的,那灰,可以做沙地的肥料),待我们启程的时候,他用船来载去。

夜间,我们又谈些闲天,都是无关紧要的话;第二天早晨,他就领了水生回去了。

又过了九日,是我们启程的日期。闰土早晨便到了,水生没有同来,却只带着一个五岁的女儿管船只。我们终日很忙碌,再没有谈天的工夫。来客也不少,有送行的,有拿东西的,有送行兼拿东西的。待到傍晚我们上船的时候,这老屋里的所有破旧大小粗细东西,已经一扫而空了。

我们的船向前走,两岸的青山在黄昏中,都装成了深黛颜色,连着退向船后梢去。

宏儿和我靠着船窗，同看外面模糊的风景，他忽然问道：

"大伯！我们什么时候回来？"

"回来？你怎么还没有走就想回来了。"

"可是，水生约我到他家玩去咧……"他睁着大的黑眼睛，痴痴的想。

我和母亲也都有些惘然，于是又提起闰土来。母亲说，那豆腐西施的杨二嫂，自从我家收拾行李以来，本是每日必到的，前天伊在灰堆里，掏出十多个碗碟来，议论之后，便定说是闰土埋着的，他可以在运灰的时候，一齐搬回家里去；杨二嫂发见了这件事，自己很以为功，便拿了那狗气杀（这是我们这里养鸡的器具，木盘上面有着栅栏，内盛食料，鸡可以伸进颈子去啄，狗却不能，只能看着气死），飞也似的跑了，亏伊装着这么高底的小脚，竟跑得这样快。

老屋离我愈远了；故乡的山水也都渐渐远离了我，但我却并不感到怎样的留恋。我只觉得我四面有看不见的高墙，将我隔成孤身，使我非常气闷；那西瓜地上的银项圈的小英雄的影像，我本来十分清楚，现在却忽地模糊了，又使我非常的悲哀。

母亲和宏儿都睡着了。

我躺着，听船底潺潺的水声，知道我在走我的路。我想：我竟与闰土隔绝到这地步了，但我们的后辈还是一气，宏儿不是正在想念水生么。我希望他们不再像我，又大家隔膜起来……然而我又不愿意他们因为要一气，都如我的辛苦展转而生活，也不愿意他们都如闰土的辛苦麻木而生活，也不愿意都如别人的辛苦恣睢而生活。他们应该有新的生活，为我们所未经生活过的。

我想到希望，忽然害怕起来了。闰土要香炉和烛台的时候，我还暗地里笑他，以为他总是崇拜偶像，什么时候都不忘却。现在我所谓希望，不也是我自己手制的偶像么？只是他的愿望切近，我的愿望茫远罢了。

我在朦胧中，眼前展开一片海边碧绿的沙地来，上面深蓝的天空中挂着一轮金黄的圆月。我想：希望是本无所谓有，无所谓无的。这正如地上的路；其实地上本没有路，走的人多了，也便成了路。

一九二一年一月。

中国人失掉自信力了吗

从公开的文字上看起来：两年以前，我们总自夸着"地大物博"，是事实；不久就不再自夸了，只希望着国联，也是事实；现在是既不夸自己，也不信国联，改为一味求神拜佛，怀古伤今了——却也是事实。

于是有人慨叹曰：中国人失掉自信力了。

如果单据这一点现象而论，自信其实是早就失掉了的。先前信"地"，信"物"，后来信"国联"，都没有相信过"自己"。假使这也算一种"信"，那也只能说中国人曾经有过"他信力"，自从对国联失望之后，便把这他信力都失掉了。

失掉了他信力，就会疑，一个转身，也许能够只相信了自己，倒是一条新生路，但不幸的是逐渐玄虚起来了。信"地"和"物"，还是切实的东西，国联就渺茫，不过这还可以令人不久就省悟到依赖它的不可靠。一到求神拜佛，可就玄虚之至了，有益或是有害，一时就找不出分明的结果来，它可以令人更长久的麻醉着自己。

中国人现在是在发展着"自欺力"。

"自欺"也并非现在的新东西,现在只不过日见其明显,笼罩了一切罢了。然而,在这笼罩之下,我们有并不失掉自信力的中国人在。

我们从古以来,就有埋头苦干的人,有拼命硬干的人,有为民请命的人,有舍身求法的人,……虽是等于为帝王将相作家谱的所谓"正史",也往往掩不住他们的光耀,这就是中国的脊梁。

这一类的人们,就是现在也何尝少呢?他们有确信,不自欺;他们在前仆后继的战斗,不过一面总在被摧残,被抹杀,消灭于黑暗中,不能为大家所知道罢了。说中国人失掉了自信力,用以指一部分人则可,倘若加于全体,那简直是诬蔑。

要论中国人,必须不被搽在表面的自欺欺人的脂粉所诓骗,却看看他的筋骨和脊梁。自信力的有无,状元宰相的文章是不足为据的,要自己去看地底下。

九月二十五日

你以为的钱玄同

国学大师
- 新文化运动的倡导者
- 文化斗士
- 时代的弄潮儿

激进的启蒙思想家
- 简朴
- 思维敏捷
- 不耻下问
- 正直刚猛
- 虚怀若谷

钱玄同

五四运动的急先锋

实际上的钱玄同

催稿小能手
- 诙谐有趣
- 机敏

和蔼的胖子
- 话痨
- 北大最幽默的『段子手』
- 《新青年》营销总监
- 特立独行

钱玄同

钱玄同(1887—1939),原名师黄,一名夏,后更名为玄同,字德潜,号汉一、疑古等,浙江吴兴(今浙江湖州)人。五四运动前夕改名玄同。他曾效古法将号缀于名之前,称疑古玄同。

他提倡白话文,反对封建礼数,积极倡导新文化运动。

他是一位具有卓越成就和深远影响的学者、思想家,他的思想和学说对中国现代文化的发展产生了重要的影响。代表作品有《文字学音篇》《古韵二十八部音读之假定》等。

随感录（节选）

四四

近见上海《时报》上有一个广告，其标题为"通信教授典故"；其下云"……搜罗群书，编辑讲义，用通信教授；每星期教授一百，则每月可得四百余；……每月只须纳讲义费大洋四角，预缴三月只收一元。……"有个朋友和我说："这一来，又不知道有多少青年学生的求学钱要被他们盘去了。"我答道："一个月破四角钱的财，其害还小。要是买了他这本书来，竟把这四百多个典故熟读牢记，装满了一脑子，以致已学的正当知识被典故驱出脑外，或脑中被典故盘踞满了，容不下正当知识；这才是受害无穷哩！"

我要敬告青年学生：诸君是二十世纪的"人"，不是古人的"话匣子"。我们所以要做文章，并不是因为古文不够，要替他添上几篇；是因为要把我们的意思写他出来。所以应该用我们自己的话，写成我们自己的文章；我们的话怎样说，我们的文章就该怎样做。有时读那古人的文章，不过是拿他来做个参考；决不是要句摹字拟，和古人这文做得一模一样的。至于古人文中所说当时的实事，和假设一事来表示一种意思者，在他的文章里，原是很自然的。我们引了来当典故用，不是肤泛不切，就是索然寡味，或者竟是"驴头不对马嘴"，与事实全然不合。我们做文章，原是要表出我们的意思。现在用古人的事实来替代我们的意思：记忆事实，已经耗去许多光阴；引用时的斟酌，又要煞费苦心；辛辛苦苦做成了，和我们的意思竟不相合，——或竟全然相反。请问，这光阴可不是白耗，苦心可不是白费，辛苦可不是白辛苦了吗？唉！少年光阴，最可宝贵，努力求正当知识，还恐怕来不及，乃竟如此浪费，其结果，不但不能得丝毫之益，反而受害，——用典故做的文章，比不用典故的要不明白，所以说反而受害，——我替诸君想想，实在有些不值得！

四五

有人说：典故虽然不该用，但是成语和譬喻似乎可以沿用。我说：这也不能如此笼统说。有些成语和譬喻，如胡适之先生所举的"舍本逐末""无病呻吟"之类，原可以用得。但也不必限于"古已有之"的，就是现在口语里常用的，和今人新造的，都可自由引用；并且口语里常用的，比"古已有之"的更觉得亲切有味。所以"买椟还珠""守株待兔"之类如其可用，则"城头上出棺材"也可用，"凿孔栽须"——这是吴稚晖先生造出来的——也可用。至于与事实全然不合者，则决不该沿用。如头发已经剪短了，还说"束发受书"；晚上点的是 lamp，还说"挑灯夜读"；女人不缠脚了，还说"莲步姗姗"；行鞠躬或点头的礼，还说"顿首""再拜"；除下西洋式的帽子，还说"免冠"；……诸如此类，你说用得对不对呢？大概亦不用我再说了。——更有在改阳历以后写"夏正"，称现在的欧美诸国为"大秦"者，这是更没有道理了。照此例推，则吃煎炒蒸烩的菜，该说"茹毛饮血"；穿绸缎呢布的衣，该说"衣其羽皮"；住高楼大厅，该说"穴居野处"；买地营葬死人，该说"委之于壑"；制造轮船，该说"刳木为舟，剡木为楫"了。这"茹毛饮血……"确是成语；但是请问，文章可以这样做吗？如曰不能，且宜知"夏正""大秦"和"茹毛饮血……"正是一类的成语呀。照此看来，则成语有可用，有不可用，断断不可笼统说是"可以沿用"的。（譬喻也有可用与不可用两种。）

孔家店里的老伙计

"打孔家店的老英雄"做了二十七首臭肉麻的歪诗,忽被又辰君发,写了几句"冷嘲"的介绍话,把它登在四月九日的《晨报副刊》上,拆穿该"老英雄"欺世盗名的西洋镜,好叫青年不至再被那部文理欠亨的什么《文录》所诱惑,当他真是一位有新思想的人。又辰君这种摘奸发伏的行为,我是极以为然的。

但有人以为这二十七首歪诗固然淫秽不堪,真要令人作呕三日;可是那部什么《文录》,毕竟有"打孔家店"的功绩。我们似乎只可说他现在痰迷心窍,做这种臭肉麻的歪诗,不能因此便抹杀他从前"打孔家店"的功绩。

说这样话的人,也是一种"浅陋的读者"罢了。那部什么《文录》中"打孔家店"的话,汗漫支离,极无条理;若与胡适、陈独秀、吴敬恒诸人"打孔家店"的议论相较,大有天渊之别。我有一个朋友说,"他是用孔丘杀少正卯的手段来杀孔丘的。"我以为这是对于什么《文录》的一针见血的总批。

孔家店真是千该打，万该打的东西；因为它是中国昏乱思想的大本营。它若不被打倒，则中国人的思想永无清明之一日；穆姑娘（Moral）无法来给我们治内，赛先生（Science）无法来给我们兴学理财，台先生（Democracy）①无法来给我们经国惠民；换言之，便是不能"全盘受西方化"；如此这般的下去，中国不但一时将遭亡国之惨祸，而且还要永远被驱逐于人类之外！

但打孔家店之先，却有两层应该弄清楚的：

一、孔家店有"老店"和"冒牌"之分。这两种都应该打；而冒牌的尤其应该大打特打，打得它一败涂地，片甲不留！

二、打手却很有问题。简单地说，便是思想行为至少要比冒牌的孔家店里的人们高明一些的才配得做打手。若与他们相等的便不配了。至于孔家店里的老伙计，只配做被打者，决不配来做打手！

真正老牌的孔家店，内容竟怎样，这是很不容易知道的。我完全没有调查过它，不能妄说。不过这位孔老板，却是纪元前六世纪到前五世纪的人，所以他的宝号中的货物，无论在当时是否精致、坚固、美丽、适用，到了现在，早已虫蛀、鼠伤、发霉、脱签了，而且那种野蛮笨拙的古老式样，也断不能适用于现代，这是可以断定的。所以把它调查明白了，拿它来摔破，

---

① 台先生：即德先生，Democracy的音译。

捣烂，好叫大家不能再去用它，这是极应该的。近来有些人如胡适、顾颉刚之流，他们都在那儿着手调查该店的货物。调查的结果能否完全发现真相，固然不能预测；但我认他们可以做打真正老牌的孔家店的打手。因为他们自己的思想是很清楚的，他们调查货物的方法是很精密的。

至于冒牌的孔家店里的货物，真是光怪陆离，什么都有。例如古文，骈文，八股，试帖，扶乩，求仙，狎优，狎娼，……三天三夜也数说不尽。自己做儿子的时候，想打老子，便来主张毁弃礼教；一旦自己已做了老子，又想剥夺儿子的自由了，便又来阴护礼教：这是该店里的伙计们的行为之一斑。"既明道术，兼治兵刑，医国知政，同符古人，藉术自晦，非徒已疾"；"盖医为起百病之本，而神仙所以保性命之真，同生死之域，荡意平心而游求其外"；"医国之道，极于养生"；"冥心虚寂，游神广漠，玉楼金阙，涉想非遥，白日青云，去人何远？"（看什么《文录》第十五页）：这是该店里的伙计们的思想之一斑。这一类的孔家店，近来很有几位打手来打他了，如陈独秀、易白沙、胡适、吴敬恒、鲁迅、周作人诸公之流是也。上列诸人，也都是思想很清楚的，我认他们配做打手。

怎样的思想才算是清楚的思想呢？我毫不躲闪地答道：便是以科学为基础的现代思想。惟此思想才是清楚的思想。此外则孔家店（无论老店或冒牌）中的思想固然是昏乱的思想，就是什么李家店、庄家店、韩家店、墨家店、陈家店、许家店中的思想，也与孔家店的同样是昏乱思想，或且过之。还有那欧洲古代的思想和印度思想，一律都是昏乱思想。所以若是在李家店或韩家店等地位来打孔家店，实在不配！孔家店里的伙计们，只配被打，决不配打孔家店，这是不消说得的。他们若自认为打孔家店者，便是"恶奴欺主"；别人若认他们为打孔家店者，未免是"认贼作子"了！

狎娼、狎优，本是孔家店里的伙计们最爱做的"风流韵事"。你们看《赠娇寓》："英雄若是无儿女，青史河山尽寂寥"；"惹得狂奴欲放颠，黄金甘买美人怜"（尤其妙的是"好色却能哀窈窕"，这真是"童叟无欺"的孔家店中的货物）。你们再看什么《诗集》的附录的什么词："笑我寻芳嫌晚"；"尽东山丝竹，中年堪遣"。这些都是什么话！什么"打孔家店的老英雄！"简直是孔家店里的老伙计！"人焉瘦哉！人焉瘦哉！"

孔家店里的老伙计呀！我很感谢你：你不恤用苦肉计，卸下你自己的假面具，使青年们看出你的真相；他们要打孔家店时，认你作箭垛，便不至于"无的放矢"；你也很对得起社会了。

末了，我要学胡适之先生的口吻："我给各位中国少年介绍这位'孔家店的老伙计'——吴吾！"

1924 年 4 月 29 日《晨报副刊》

青年与古书

现在的青年，应不应该叫他们读古书，这是教育上一个很重要的问题。社会上对于这问题的意见，约有三派：

（甲）主张应该读的。这又可分为两派。A派以为："古书中记着许多古圣先贤的懿训格言和丰功伟烈，我们应该遵照办理；古书的文章又是好到了不得的，我们应该拿它来句摹字拟。"这派算是较旧派。B派对于A派的议论也以为然，不过还要加上几句话，便是什么"国于天地，必有与立，中国的道德文章是我们的国魂国粹，做了中国人便有保存它光大它的义务；这些国魂国粹存在于古书之中，所以古书是应该读的"这类话。这派自命为新派。

（乙）主张不应该读的。他们以为："中国过去的道德，是帝王愚民的工具；中国过去的文章，是贵族消遣的玩意儿。它在过去时代即使适用，但现在时移世易，它已经成为历史上的僵石了。我们自己受它的累真受够了，断不可再拿它来贻误青年。所以青年不应该再读古书。"这派中还有人以为："中国过去的文化，和辫子小脚是同等的东西。这些东西，赶快廓清它还来不及，把它扔到毛厕①里去才是正办；怎么还可以叫青年去遵照办理呢！"

（丙）也主张应该读的，可是和甲派绝对不同。他们以为："古书上的记载的都是中国历史（广义的，后同）的材料。人类的思想是不断地演进的，决非凭空发生的，所以我们一切思想决不能不受旧文化的影响，决不能和我们的历史完全脱离关系。因为如此，所以不论我们的历史是光荣的或是耻辱的，我们都应该知道它。这是应该读古书的理由。"

我对于这三派的议论，是同意于丙派的。现在先把甲乙两派批评一下。

甲派之中，A派的主张，完全不成话；用乙派的话，足以打倒它了。至于B派，虽然自命为新派，其实他那颟顸之态既无异于A派，而虚骄之气乃更甚于A派。国魂国粹是什么法宝，捧住了它，国家便不会倒霉了吗？那么，要请问，二千年来，天天捧住这法宝，并未失手，何以五胡、沙陀、契丹、女真、蒙古、满洲闯了进来，法宝竟不能耀灵，而捧法宝的人对于闯入者，只好连忙双膝跪倒，摇尾乞怜，三呼万岁，希图苟延蚁命？这样还不够，他们又把这种法宝献给闯入者，闯入者便拿它来望他们头上一套，像唐僧给孙行者戴上观音菩萨送

---

① 毛厕：极其简陋、破旧的厕所。现在多写作"茅厕"。

来的嵌金花帽那样；套好之后，闯入者也像唐僧那样，念起紧箍儿咒来，于是他们便扁扁服服地过那猪圈里的生活了。嘿！真好法宝！原来有这样的妙用！到了近年，帝国主义者用了机关枪大炮等等来轰射，把大门轰破了，有几个特殊的少数人溜到人家家里去望望，望见人家请了赛先生（Science）、德先生（Democracy）、穆姑娘（Moral）当家，把家道弄得非常地兴旺，觉得有些自惭形秽，于是恍然大悟，幡然改图，回来要想如法泡制。最高明的，主张"欧化全盘承受"；至不济的，也来说什么"西学为用"。这总要算大病之后有了一线生机。不意他们"猪油蒙了心"，还要从灰堆里扒出那件法宝来自欺欺人，要把这一线生机摧残夭阏①，真可谓想入非非！说他虚骄，还是客气的话，老实说吧，这简直是发昏做梦，简直是不要脸！抱了这种谬见去叫青年读古书，真是把青年骗进"十绝阵"中去送死！

乙派的见解，我认为大致是对的。他们之中，有把旧文化看得与辫子小脚同等，说应该把它扔到毛厕里去。这话在温和派看来，自然要嫌他过火，批他为偏激；这或者也是对的。但是现在甲派的惑世诬民，方兴未艾，他们要"率兽食人"，则有心人焉能遏止其愤慨？我以为乙派措辞虽似偏激，而在现在是不可少。我们即使不作过情之论，也应该这样说：旧文化的价值虽不是都和辫子小脚同等，但现在的人不再去遵守它的

---

① 夭阏（è）：夭亡；夭折。

决心却应该和不再留辫子不再缠小脚的决心一样；旧文化虽然不必一定把它的全数扔下毛厕，却总应该把它的极大多数束之高阁！

可是无论说扔下毛厕吧，说束之高阁吧，这自然都是指应该有这样的精神而言，自然不是真把一部一部的古书扔下毛厕或束之高阁。那么，古书汗牛充栋，触目皆是，谁有遮眼法能够不给青年看见呢？有人说：遮眼法之说不过是戏谈，而禁止阅看或者可以办到。我说：禁止之法，乃是秦之嬴政与清之爱新觉罗·弘历这种独夫民贼干的把戏，我们可以效法吗？要是禁止了而他们偷看，难道可以大兴文字狱而坑他们吗？

据我看来，青年非不可读古书，而且为了解过去文化计，古书还是应该读它的。古书是古人思想、情感、行为的记录，它在现代，只是想得到旧文化的知识者之工具而已。工具本是给人们使用的东西，但使用之必有其道。得其道，则工具定可利人；不得其道，则工具或将杀人。例如刀，工具也，会使的人，可以拿它来裁纸切肉，不会使的，不免要闹到割破手指头了。使用古书之道若何？曰：不管它是经是史是子是集（经史子集这种分类，本是不通之至的办法），一律都当它历史看；看它是为了要满足我们想知道历史的欲望，绝对不是要在此中找出我们应该遵守的道德的训条，行事的规范，文章的义法来。

若问为什么要知道历史，却有两种说法。一是人类本有求知的天性，无论什么东西，他都想知道，祖先的历史当然也在其中。这是为知道历史而知道历史，质言之，是无所为的。一是我们现在的境遇，不能不说是倒霉之至了。这倒霉之至的境遇是谁给我们的？是祖先给的呀。我常说，二千年来历代祖先所造的恶因，要我们现在来食此恶果。我们食恶果的痛苦是没法规避的，只有咬紧牙根忍受之一法。但我们还该查考明白，祖先究竟种了多少恶因；还有，祖先于恶因之外，是否也曾略种了些善因。查考明白了，对于甚多的恶因，应该尽力芟夷①；对于仅有的善因，更应该竭诚向邻家去借清水和肥料来尽力浇灌，竭力培植。凡此恶因或善因的账，记在古书上的很不少（自然不能说大全），要做查账委员的人，便有读古书之必要了。这是为除旧布新而知道历史，是有所为的。无论无所为或有所为，只要是用研究历史的态度来读古书，都是很正常的。

对于青年读古书，引纳于正轨而勿使走入迷途，这是知识阶级的责任。但是近来看见《京报副刊》中知识阶级所开列"青年必读书"，有道理的固然也有，而离奇的选择，荒谬的说明，可真不少。我对于这班知识阶级，颇有几分不信任，觉得配得上做青年的导师的实在不多，而想把青年骗进"十绝阵"去的触目皆是。这实在是青年们的不幸。可是，这又有什么法想呢？

古书虽然可读，可是实在难读。怎样解决这难关，也是一个难于回答的问题。这个问题，浅陋的我，当然更没有解决的法子，不过或者有几句废话要说，这个，过些日子再谈吧。

一九二五年，三，四。

---

① 芟夷（shān yí）：铲除或消灭（某种势力）。

五四新文化运动的健将

你以为的刘半农

- 白话诗歌的拓荒者
- 敢作敢为的猛士
- 直爽纯善
- 傲骨铮铮
- 慈爱亲切
- 金刚怒目

刘半农

新文化运动的先驱

实际上的刘半农

- 打油诗爱好者
- 自黑界的『天花板』
- 文坛『戏精』
- 业余摄影艺术家
- 合格的『杠精』
- 风趣逗人
- 耿直

刘半农

刘半农（1891—1934），江苏江阴人，原名寿彭，后名复，初字半侬，后改半农，晚号曲庵。他是中国新文化运动先驱，是白话诗歌的拓荒者，是具有开拓精神的文学家和教育家。此外，他也是最早翻译狄更斯、托尔斯泰、安徒生作品的译者。

1911年，刘半农曾参加辛亥革命。1917年，他到北京大学任法科预科教授，并参与《新青年》杂志的编辑工作。主要作品有：《扬鞭集》《瓦釜集》《半农杂文》。

"作揖主义"

沈二先生与我们谈天，常说："生平服膺[1]'红老之学'。""红"，就是《红楼梦》；"老"，就是《老子》。这"红老之学"的主旨，简便些说，就是无论什么事，都听其自然。听其自然又是怎么样呢？尹先生说："譬如有人骂我，我们不必还骂；他一面在那里大声疾呼的骂人，一面就是他打他自己。我们在旁边看着，也很好，何必费着气力去还骂？又如有一只狗，要咬我们，我们不必打他，只是避开了就算，将来有两只狗碰了头，他自然会互咬起来。所以我们做事，只须抬起了头，向前直进，不必在这'抬头直进'四个字以外，再管什么闲事。这就叫作听其自然，也就是'红老之学'的精神。"我想这一番话，很有些同 Tolstoj[2] 的"不抵抗主义"相像，不过尹先生换了个"红老之学"的游戏名词罢了。

[1] 服膺（yīng）：衷心信服。
[2] Tolstoj：即托尔斯泰。

"不抵抗主义"我向来很赞成；不过因为他有些偏于消极，不敢实行。现在一想，这个见解实在是大谬。为什么？因为"不抵抗主义"，面子上是消极，骨底里是最经济的积极。我们要办事有成效，假使不实行这主义，就不免了消费精神于无用之地。我们要保存精神，在正当的地方用，就不得不在可以不必的地方节省些。这就是以消极为积极；不有消极，就没有积极。既如此，我也要用些游戏笔墨，造出一个"作揖主义"的新名词来。

"作揖主义"是什么呢？请听我说：——

譬如朝晨起来，来的第一客，是位前清遗老。他拖了辫子，弯腰曲背走进来，见了我，把眼镜一摘，拱拱手说："你看！现在是世界不是世界了，乱臣贼子，遍于国中，欲求天下太平，非请宣统爷正位不可。"我急忙向他作了个揖，说："老先生说的话，很对很对。领教了，再会罢。"

第二客，是个孔教会会长。他穿了白洋布做的"深衣"，古颜道貌的走进来，向我说："孔子之道，如日月经天、江河行地。现在我们中国，正是四维不张、国将灭亡的时候；倘不提倡孔教，昌明孔道，就不免为印度、波兰之续。"我急忙向他作了个揖，说："老先生说的话，很对很对。领教了，再会罢。"

第三客，是位京官老爷。他衣裳楚楚，一摆一踱的走进来，向我说："人的根，就是丹田。要讲卫生，就要讲丹田的卫生。要讲丹田的卫生，就要讲静坐。你要晓得，这种内功，常做了，可以成仙的呢!"我急忙向他作了个揖,说:"老先生说的话,很对很对。领教了,再会罢。"

第四五客,是一位北京的评剧家,和一位上海的评剧家,手携着手同来的。没有见面,便听见一阵"梅郎""老谭"的声音。见了面,北京的评剧家说:"打把子有古代战术的遗意,脸谱是画在脸孔上的图案;所以旧戏是中国文学、美术的结晶体。"上海的评剧家说:"这话说得不错呀!我们中国人,何必要看外国戏?中国戏自有好处,何必去学什么外国戏?你看这篇文章,就是这一位方家所赏识的;外国戏里,也有这样的好处么?"他说到"方家"二字,翘了一个大拇指,指着北京的评剧家;随手拿出一张《公言报》,递给我看。我一看那篇文章,题目是"佳哉梦也"四个字。我急忙向两人各各作了一个揖,说:"两位老先生说的话,很对很对。领教了,再会罢。"

第六客,是个玄之又玄的鬼学家。他未进门,便觉阴风惨惨,阴气逼人。见了面,他说:"鬼之存在,至今日已无丝毫疑义。为什么呢?因为人所居者为'显界',鬼所居者,尚别有一界,名'幽界'。我们从理论上去证明他,是鬼之存在,已无疑义。从实质上去证明他,他搜集种种事实,助以精密之器械,继以正确之试验,可知除'显界'外,尚有一'幽界'。"我急忙向他作了个揖,说:"老先生说的话,很对很对。领教了,再会罢。"

末了一位客,是王敬轩先生。他的说话最多,洋洋洒洒,一连谈了一点多钟。把"中学为体、西学为用"八个字,发挥得详尽无遗,异常透切。我屏息静气听完了,也是照例向他作了个揖,说:"老先生说的话,很对很对。领教了,再会罢。"

如此东也一个揖,西也一个揖,把这一班老伯、老叔、仁兄大人送完了,我仍旧做我的我;要办事,还是办我的事,要有主张,还仍旧是我的主张。这不过忙了两只手,比用尽了心思脑力、唇焦舌敝的同他辩驳,不省事得许多么?

何以我要如此呢?

因为我想到前清末年,官与革党两方面:官要尊王,革党要排满;官说革党是"匪",革党说官是"奴"。这样牛头不对马嘴,若是双方辨论起来,便到地老天荒,恐怕大家还都是个"缠夹二先生",断断不能有什么谁是谁非的分晓。所以为官计,不如少说闲话,切切实实想些方法去捉革党;为革党计,也不如少说闲话,切切实实想些方法去革命。这不是一刀两断,最经济、最爽快的办法么?

我们对于我们的主张,在实行一方面,尚未能尽到相当的职务;自己想想,颇觉惭愧。不料一般社会的神经过敏,竟把我们看得像洪水猛兽一般。既是如此,我们感激之余,何妨自贬声价,处于"匪"的地位;却把一般社会的声价抬高,——这是一般社会心目中之所谓高,——请他处于"官"的地位?自此以后,你做你的官,我做我的匪。要是做官的做了文章,说什么"有一班乱骂派读书人,其狂妄乃出人意表。所垂训于后学者,曰不虚心,曰乱说,曰轻薄,曰破坏。凡此恶德,有一于此，即足为研究学问之障，而况兼备之耶"？我们看了，非但不还骂，不与他辩，而且还要像我们江阴人所说的"乡下人看告示，奉送他'一篇大道理'五个字"。为什么？因为他们本来是官；这些话说，本来是"出示晓谕"以下，"右仰通知"以上应有的文章。

到将来，不幸而竟有一天，做官的诸位老爷们额手相庆曰："谢天谢地，现在是好了。洪水猛兽，已一律肃清。再没有什么后生小子，要用夷变夏，蔑污我神州四千年古国的文明了。"

那时候，我们自然无话可说，只得像北京刮大风时，坐在胶皮车上一样，一壁叹气，一壁把无限的痛苦尽量咽到肚子里去；或者竟带了这种痛苦，埋入黄土，做蝼蚁们的食料。

万一的万一，竟有一天变作了我们的"一千九百十一年十月十日"了，那么，我一定是个最灵验的预言家；我说——那时的官老爷，断断不再说今天的官话，却要说："我是几十年前就提倡新文明的。从前陈独秀、胡适之、陶孟和、周启明、唐元期、钱玄同、刘半农诸先生办《新青年》时，自以为得风气之先，其时我的新思想，还远比他们发生得早咧。"到了那个时候，我又怎么样呢？我想，一千九百十一年以后，自称"老同盟"的很多，真正的"老同盟"也没有方法拒绝这班新牌"老同盟"。所以我到那时，还是实行"作揖主义"，他们来一个我就作一个揖，说："欢迎！欢迎！欢迎新文明的先觉！"

七年九月，北京

半农发明这个"作揖主义",玄同绝对的赞成;以后见了他们诸公,也要实行这个主义。因为照此办法,在我们一方面,可以把宝贵的气力和时间不浪费于无益的争辩,专门来提倡除旧布新的主义;在他们诸公一方面,少听几句逆耳之言,庶几宁神静虑,克享遐龄,可以受《褒扬条例》第九款的优待:这实在是两利的办法。至于到了"万一的万一"那一天,他们诸公自称为新文明的先觉,是一定的;我们开会欢迎新文明的先觉,是对于老前辈应尽的敬礼,那更是应该的。

玄同　附记

留别北大学生的演说

今天是北京大学第二十二周年的纪念日。承校长蔡先生的好意,因为我不日就要往欧洲去了,招我来演说,使我能与诸位同学,有个谈话的机会,我很感谢。

我到本校担任教科,已有三年了。因为我自己,限于境遇,没有能受到正确的、完备的教育,稍微有一点知识,也是不成篇段,没有系统的,所以自从到校以来,时时惭愧,时时自问有许多辜负诸位同学的地方。所以我第一句话,就是要请诸位同学,承受我这很诚恳的道歉。

就我三年来的观察,知道诸位同学,大都是觉醒的青年,若依着这三年来的进行率进行,我敢说,将来东亚大陆的文化的发展,完全寄附在诸位身上。所以我对于诸位,不必更说什么,只希望诸位本着自己已有觉悟,向前猛进。

如今略说我此番出去留学的趣旨,以供诸位的参考。

我们都知道人类的工作的交易,是造成世界的原素;所以我们生长于世界之中，个个人都应当做一份的工。这作工，就是人类的天赋的职任。

神圣的工作，是生产工作。我们因为自己的意志的选择，或别种原因，不能做生产的工作，而做这非生产的工作，在良心上已有一分的抱歉，在社会中已可算得一个"寄生虫"。所以我们于这有缺憾之中，要做到无缺憾的地步，其先决问题，就是要做"益虫"，不要做"害虫"。那就是说，应当做有益于生产的工作者的工，做一般生产的工作者所需要而不能兼顾的工。

而且非但要做，还要尽力去做，要把我们一生的精力完全放进去做。不然，我们若然自问——

我们有什么特权可以不耕而食？

我们有什么特权可以不织而衣？岂不要受良心的裁判么？

这便叫做"职任"。

因其是职任，所以我们一切个人的野心或希冀，都应该消灭。那吴稚晖先生所说"面筋学生"一类的野心，我们诚然可以自分没有；便是希望做"学者"、做"著作家"的高等野心，也尽可以不必预先存着。因为这只可以从反面说过来。若然我们的工做得好，社会就给我这一点特别酬劳；不能说，我们因为要这个特别酬劳才去做工（我们应得的酬劳，就是我们天天享用的，已很丰厚）。若然如此，我们一旦不要了，就可以不做，那还叫得什么责任？

如此说，可见我此番出去留学，不过是为希望能尽职起见，为希望我的工作做得圆满起见，所取的一种相当的手续，并不是把留学当做充满个人欲望的一种工具。

我愿意常常想到我自己的这一番话，所以我把他供献于诸位。

还有一层，我也引为附带的责任的，就是我觉得本校的图书馆太不完备，打算到了欧洲，把有关文化的书籍，尽力代为采购；还有许多有关东亚古代文明的书或史料，流传到欧洲去的，也打算设法抄录或照相，随时寄回，以供诸位同学的研究。图书馆是大学的命脉；图书馆里多有一万本好书，效用亦许可以抵上三五个好教授。所以这件事，虽然不容易办，但我尽力去办。

结尾的话是我是中国人，自然要希望中国发达，要希望我回来时，中国已不是今天这样的中国。但是我对于中国的希望，不是一般的去国者，对于"祖国"的希望，以为应当如何练兵，如何造舰。我是——

希望中国的民族，不要落到人类的水平线下去；

希望世界的文化史上，不要把中国除名。

怎么样才可以做到这一步？——还要归结到我们的职任。

教我如何不想她

天上飘着些微云,
地上吹着些微风。
啊!
微风吹动了我的头发,
教我如何不想她?

月光恋爱着海洋,
海洋恋爱着月光。
啊!
这般蜜也似的银夜。
教我如何不想她?

水面落花慢慢流,
水底鱼儿慢慢游。

啊！
燕子你说些什么话？
教我如何不想她？

枯树在冷风里摇，
野火在暮色中烧。
啊！
西天还有些儿残霞，
教我如何不想她？

诗人的修养

从约翰生（Samuel Johnson）的《拉塞拉司》（*Rasseda*）一书中译出；书为寓言体，言亚比西尼亚（Abyssini）有一王子，曰拉塞拉司，居快乐谷（The Happy Valley）中，谷即人世"极乐地"（Paradise），四面均高山，有一秘密之门，可通出入。王子居之久，觉此中初无乐趣。遂与二从者窃门而逃，欲一探世界中何等人最快乐，卒至遍历地球，所见所遇，在在[1]均是苦恼；兴尽返谷，始恍然于谷名之适当云。

应白克曰："……我辈无论何往，与人说起做诗，大家都以为这是世界上最高的学问，而且将它看得甚重，似乎人之所能供献于神的自然界者，便是个诗。然有一事最奇怪，世界不论何国，都说最古的诗是最好的诗。推求其故，约有数说：一说以为别种学问，必须从研究中渐渐得来，诗却是天然的赠品，

---

[1] 在在：处处；到处。

上天将它一下子送给了人类,故先得者独胜。又一说谓古时诗家,于榛狉①蒙昧之世,忽地作了些灵秀婉妙的诗出来,诗人惊喜赞叹,视为神圣不可几及;后来信用遗传,千百年后,仍于人心习惯上,享受当初的荣誉。又一说谓诗以描写自然与情感为范围,而自然与情感,却始终如一,永久不变;古时诗人,既将自然中最足动人之事物,及情感中最有趣味的境遇,一概描写净尽,一些没有留给后人,后人做诗,便只能跟着古人将同样的事物,重新抄录一通;或将脑筋中同样的印象,翻个花样布置一下,自己却创造不出什么。此三说孰是孰非,且不必管。总而言之,古人做诗,能把自然界据为己有,后人却只有些技术;古人能有充分的魄力与发明力,后人却只有些饰美力与敷陈力了。"

我甚喜做诗,且极望微名得与前此至有光荣之诸兄弟并列。波斯及阿剌伯②诸名人诗集,我已悉数读过,又能背诵麦加大回教寺中所藏诗卷。然仔细想来,只是摹仿③,有何用处?天下岂有只从摹仿上着力,而能成其为伟人哲士者?于是我爱好之心,立即逼我移其心力于自然与人生两方面:以自然为吾仆役,恣吾驱使,而以人生为吾参证者,俾是非好坏,得有一定之依据。自后无论何物,倘非亲眼见过,决不妄加描写;无论何人,倘其意向与欲望,尚未为我深悉,我亦决不望我之情感,

---

① 榛狉(pī):形容草木丛杂,野兽出没。
② 阿剌伯:即阿拉伯。
③ 摹仿:同"模仿"。

为彼之哀乐所动。

我既立意要作一诗人,遂觉世上一切事物,各各为我生出一种新鲜意趣来。我心意所注射的地域,亦于刹那间拓充百倍;自知无论何事,无论何种知识,均万不可轻轻忽过。我尝排列诸名山诸沙漠之印象于眼前,而比较其形状之同异;又于心头作画,凡森林中有一株之树,山谷中有一朵之花,但令曾经见过,即收入幅中;岩石之顶点,宫阙之高尖,我以等量之心思观察之;小河曲折,细流淙淙,我必循河徐步,以探其趣;夏云倏起,弥布天空,我必静坐仰观,以穷其变。所以然者,深知天下无诗人无用之物也。而且诗人理想中,尤须有并蓄兼收的力量。事物美满到极处,或惨怖到极处,在诗人看来,却是习见。大而至于不可方物,小而至于目不能见,在诗人亦视为相习有素,不足为奇。故自园中之花,森林中之野兽,以至地下之矿藏,天上之星象,无不异类同归,互相联结,而存储于诗人不疲不累之心机中。因此等意思,大有用处,能于道德或宗教的真理上,增加力量;小之,亦可于饰美上增进其自然真确之描画。故观察愈多,所知愈富,则做诗时愈能错综变化其情境,使读者睹此精微高妙之讽辞,心悦诚服,于无意中受一绝妙之教训。

因此之故,我于自然界形形色色,无不悉心研习;足迹所至,无一国无一地不以其特有之印象相惠,以益我诗力而偿我行旅之劳。

拉塞拉司曰:"君游踪极广,见闻极博,想天地间必尚有无数事物,未经实地观察。如我之偏处群山之中,身既不能外出,耳目所接,悉皆陈旧,欲见所未见,察所未察而不可得,则如何?"

应白克曰:"诗人之事业,是一般特性的观察,而非各个的观察。但能于事物实质上大体之所备具,与形态上大体之所表见,见着个真相便好。若见了郁金香花,便一株株的数它叶上有几条纹;见了树林,便一座座的量它影子是方是圆,多长多阔,岂非麻烦无谓。即所做的诗,亦只须从大处落墨,将心中所藏自然界无数印象,择其关系最重而情状最足动人者,一一陈列出来,使人见了,心中恍然于宇宙的真际,原来如此。至于意识中认为次一等的事物,却当付诸删削。然这删削一事,也有做得甚认真的,也有做得甚随便的。这上面就可见出谁是留心,谁是贪懒来了。

"但诗人观察自然,只还下了一半功夫;其又一半,即须娴习人生现象:凡种种社会种种人物之乐处苦处,须精密调查,而估计其实量。情感的势力,及其相交相并之结果,须设身处地以观察之。人心的变化,及其受外界种种影响后所呈之异象,与夫因天时及习俗的势力,所生的临时变化,自人人活泼康健的儿童时代起,直至其颓唐衰老之日止,均须循其必经之轨道,穷迹其去来之踪。能如是,其诗人之资格犹未尽备,必须自能剥夺其时代上及国界上牢不可破之偏见,而从抽象的及不变的事理中判断是非;犹须不为一时的法律与舆论所羁累,而超然高举,与至精无上万古不移的真理相接触。如此,则心中不特不急急以求名，且以时人的推誉为可厌，只把一生欲得之报酬，委之于将来真理彰明之后。于是所作的诗，对于自然界是个天人联络的译员，对于人类是个灵魂中的立法者。他本人也脱离了时代与地方的关系，独立太空之中，对于后世一切思想与状况，有控御统辖之权。

"虽然，诗人所下苦工，犹未尽也：不可不习各种语言，不可不习各种科学；诗格亦当高尚，俾与思想相配；至措词必如何而后隽妙，音调必如何而后和叶，尤须于实习中求其练熟。……"

六年五月，江阴

高一涵

引路人
- 科学与民主思想的宣传者
- 政治文明的先驱

时代浪潮的参与者
- 早期的马克思主义宣传家

新文化运动的主力
- 思想启蒙大师

你以为的高一涵
- 严谨
- 聪颖好学
- 内敛

摇旗呐喊的文化斗士

实际上的高一涵
- 学术多面手
- 高质量主笔
- 学者型社会活动家
- 有大局观
- 独特
- 思想前卫

高一涵

高一涵(1885—1968),原名永浩,别名涵庐、梦弼,笔名一涵,安徽六安人,曾与李大钊同办《晨报》,并为《新青年》撰稿,是《新青年》杂志的编者之一,并协办《每周评论》。主要作品有:《政治学纲要》《欧洲政治思想史》《中国御史制度的沿革》《金城集》等。

共和国家与青年之自觉（节选）

专制国家，其兴衰隆替之责，专在主权者之一身；共和国家，其兴衰隆替之责，则在国民之全体。专制国本，建筑于主权者独裁之上，故国家之盛衰，随君主之一身为转移；共和国本，建筑于人民舆论之上，故国基安如泰山，而不虞退转。为专制时代之人民，其第一天职，在格君心之非与谏止人主之过。以君心一正，国与民皆蒙其庥①也。至共和之政治，每视人民之舆论为运施，故生此时代之人民，其第一天职，则在本自由意志（Free will）造成国民总意（General will），为引导国政之先驰。英国宪法学者每自诩曰："吾英宪政，为民权发扬之果，而非以宪政为发扬民权之因。"吾国名号既颜曰共和，与英之君主国体虽形式迥异，然无论何国，苟稍顾立国原理，

---

① 庥（xiū）：庇荫；保护。

以求长治久安，断未有不以民权为本质。故英宪之根本大则，亦为吾华所莫能外。然则自今以往，吾共和精神之能焕然发扬与否，全视民权之发扬程度为何如。澄清流水，必于其源。欲改造吾国民之德知，俾之脱胎换骨，涤荡其染于专制时代之余毒，他者吾无望矣。惟在染毒较少之青年，其或有以自觉。此不佞之所以专对我菁菁莪莪之青年，而一陈其忠告也。

……

不佞所欲告我青年之自由，固无取艰深之旨，然亦不必采法律家褊狭①之说。曩②读黎高克（Leacock）氏《政治学》，见其分自由之类，曰天然自由（Natural liberty），曰法定自由（Civil liberty）。柏哲士所论，即属后者。前者为卢梭氏之所主张，谓："人生而自由者也，及相约而为国，则牺牲其自由之一部。"是谓自由之性出于天生，非国家所能赐，即精神上之自由，而不为法律所拘束者。夫共和国家，其第一要义，即在致人民之心思才力，各得其所。所谓各得其所者，即人人各适己事，而不碍他人之各适己事也。盖受命降衷，各有本性。随机利道，乃不销磨。启瀹③心灵，端在称性说理，沛然长往，浩然孤行，始克尽量而施，创为独立之议。故青年之戒，第一在扶墙摸壁，依傍他人；第二在明知违性，姑息瞻依，自贼天才，莫过于此二者。古之人，首贵取法先儒；今之人，首贵自我作圣。

---

① 褊狭（biǎn xiá）：狭小。
② 曩（nǎng）：以往；从前。
③ 启瀹（yuè）：启发开导。

古之人，在守和光同尘之训；今之人，在冲同风一道之藩。乡愿乃道德之贼，尚同实蠹[①]性之虫。夫青年立志，要当纵横一世，独立不羁，而以移风易俗自任。因于习俗，莫能自拔，悠悠以往，与世何关？日日言学，徒废事耳。西诗有云："怀疑莫白，口与心违，地狱之门，万恶之媒。"甚愿青年，三复斯言。

顾自由要义，首当自重其品格。所谓品格，即尊重严正，高洁其情，予人以凛然不可犯之威仪也。然欲尊重一己之自由，亦必尊重他人之自由，以尊重一己之心，推而施诸人人，以养成互相尊重自由权利之习惯，此谓之平等的自由也。发扬共和精神，根本赖此。凡我青年，时应以自省也。

康德曰："含生秉性之人，皆有一己所蕲向。"此即人与物所以相异之点。物不能自用，而仅利用于人，人则有独立之才力心思，具自主自用之能力。物可为利用者，而人则可为尊敬者也。人之所以为人，即恃此自主自用之资格，惟具有此资格也，故能发表独立之意见，此人品之第一义也，亦即舆论正当之源泉。夫家族之本在爱情，宗教之本在信仰，而共和国家之本则在舆论。所谓舆论有三：多数之意见、少数之意见及独立之意见是也。舆论与公论有殊，公论者根于道理，屹然独立，而不流于感情；舆论者以感情为基，不必尽合于道理者也。故欲造成真正舆论，惟有本独立者之自由意见，发挥讨论，以感召同情者之声应气求。莫烈（John Morley）曰："凡一理想

---

① 蠹（dù）：蛀蚀。

之发见，决非偶然，苟吾已见及，则此理想必次第往叩他人之门，求其采纳。吾冥行而见光明，亦必有他人暗中摸索，随以俱至。吾所发明，特其的耳。"然则吾以独立之见相呼，必有他人以独立之见相应。相应不已，而舆论成焉。舆论在共和国家，实为指道政府、引诱社会之具。故舆论之起，显为民情之发表，但当问其发之者果为独立之见与否，不当先较其是非。孟德斯鸠曰："自由人民，其一己之推论，果为正当与否，往往不成问题。所当考究者，其所推论，确为人民自主足已。此即言论之所以自由也。"共和国家之本质，既基于小己之言论自由，然则逡巡嗫嚅，不露圭角，宁非摇动国本之媒欤？专制国家之舆论，在附和当朝；共和国家之舆论，在唤醒当道。专制时代之舆论，在服从习惯；共和时代之舆论，在本诸良心，以造成风气。其别也有如此。

虽然，真正发挥舆论，尤有金科玉律宜由焉，即：（一）须有敬重少数意见与独立意见之雅量，不得恃多数之威势，抹煞①异己者之主张；（二）多数舆论之起，必人人于其中明白讨论一番，不得违性从众，以欺性灵；（三）凡所主张，须按名学之律，以名学之律为主，不得以一般好恶为凭。共和国家，所以能使人人心思才力，各得其所者，即由斯道。政府抹煞他人之自由言论，固属巨谬，即人民互相抹煞自由言论，亦为厉禁。何则？不尊重他人之言论自由权，则一己之言论自由权已失其

---

① 抹煞：同"抹杀"。

根据；迫挟他人以伸己说，则暴论而已矣，非公论也。屈从他人，违反己性，则自杀而已矣，非自卫也。故曰：欲造成真正舆论，惟本独立者之自由意见，发挥讨论，以感召同情者之声应气求。

以上所陈，乃国法所不能干，观摩所不能得，师友所不能教，父兄所不能责。何也？以所主唯心，苟非吾心，见象即殊，直觉不能，动则成翳故也。轮扁对齐桓公曰："得之于手，而应于心。口不能言，有数存焉于其间。臣不能以喻臣之子，臣之子不能受之于臣。"即此义也。不佞所言，糟粕而已，至于精神，则仍吾在青年自觉云尔。

你以为的沈尹默

- 除弊革新的导师
- 新文化运动的引领者
- 教育先驱
- 书坛泰斗
- 书法大家
- 儒雅
- 温婉
- 旷达
- 寡言 —— 内向

沈尹默 新文化运动的得力战将

实际上的沈尹默

- 社交达人
- 把爱好做到极致的人
- 德才并重的学者
- 引领白话文潮流的诗人
- 求实
- 不欺人
- 求真

沈尹默

沈尹默(1883—1971),原名君默,字中,号秋明,别号鬼谷子。他是我国著名学者、诗人、书法家、教育家。他早年曾游学日本,游学归来后任北京大学教授。他与鲁迅、钱玄同等人共同编辑《新青年》,是新文化运动的引领者。他以书法闻名,与兄长沈士远、弟沈兼士合称"北大三沈"。

月夜

霜风呼呼的吹着,
月光明明的照着。
我和一株顶高的树并排立着,
却没有靠着。

除夕

年年有除夕，年年不相同：不但时不同，乐也不同。

记得七岁八岁时，过年之乐，乐不可当，——乐味美满，恰似饴糖。

十五岁后，比较以前，多过一年，乐减一分；难道不乐？——不如从前烂漫天真。

十九娶妻，二十生儿：那时逢岁除，情形更非十五十六时，——乐既非从前所有，苦也为从前所无。

好比岁烛，初烧光明，霎时结花，渐渐暗淡，渐渐销磨。

我今过除夕，已第三十五，欢喜也惯，烦恼也惯，无可无不可。取些子糖果，分给小儿女，——"我将以前所有的欢喜，今日都付你！"

和青年朋友谈书法

书法是我国优秀的民族文化遗产,有很高的艺术价值。书画在我国素来是并提的。因为我国的文字是由象形字(如 ☉ ☽ ⛰ 〰,即日月山水)演变而来,字的本身就是一幅画。历代的书法家花了很大的精力,刻苦钻研书法艺术,他们甚至看到高山的巍然屹立,流水的奔腾,白云的飘拂以及优美的舞蹈,都能从中领悟到用笔的方法。经过历代的书法家不断美化,才产生出书法艺术。

文字这个工具,是要靠书法来运用的,书法和各项工作有着密切的关系。美观清秀的文字,不仅能更好地衬托内容,而且使人看了心情舒畅,给人一种艺术享受。要晓得练字同时也是练人,青年朋友们能在业余抽一点时间练练毛笔字,这不但能增加我们的文化素养,而且还能锻炼一个人的意志和毅力。我国历史上许多著名的书法家,不但给我们创造了一套有很高艺术价值的书法艺术,而且他们练习书法的毅力和精神,也是值得我们学习的。如相传唐朝的书法家虞世南，在睡觉的时候还用指头在被子上画，把被子都划破了；宋朝的欧阳修和岳飞童年没有钱买纸笔，便用芦柴梗代笔用，在沙土上练字。后汉有个叫张芝的书法家，因为勤习书法，常洗砚笔，据说把一池清水都染黑了。

  有些青年朋友苦于自己的字写不好，总想能找到一条得法的途径。这条途径是有的，但绝不是一条可以不费功夫的捷径。根据我个人练习书法的体会，练字首先必须有一丝不苟的认真钻研的精神，又要持之以恒。我从幼小就开始练习书法，一直坚持练习至今已有六十余年，目前年近八十，还是继续不断地在练习，从没有间断过。为了打好书法的基础，我先从点画入手，进行练习。记得我学写"㇏"时，在整整八个月中坚持不断地练习这一捺，一直练习到自己认为满意时才止。写字除了练外，还要多看，多思索，多吸取别人书法的长处，检查自己的短处。我曾收集了晋、唐、宋、元各名家的真迹影印本多种，仔细研究，就是细如发丝的地方也不放过。无论看别人的书法或自己练写，都要用脑精思。

  我们希望青年能传承和发扬祖国优秀的书法艺术。当然，我们并不要求人人都去当书法家。但是，写出端正、清晰、美观的文字，这无论从学习、工作或培养我们的意志、毅力来说，都是有益的。为了帮助大家学习书法，我仅根据个人的体会，写几句练习书法的要领，供大家参考。

1961 年

闻一多

你以为的闻一多

浪漫主义诗人
- 率直 —— 刚毅
- 热情
- 务实 —— 有爱
- 忠诚
- 勇敢

爱国
- 爱国的民主战士
- 大义凛然的爱国战士

大师笔下的大师

- 烟不离手的"烟侠"
- "五四"时期的白话诗人
- 情话小王子
- 巨人心中的巨人

实际上的闻一多

有胆量
- 有志气
- 有魄力
- 言出必行

闻一多

闻一多（1899—1946），原名家骅，字友三，号友山。他是一位伟大的爱国主义者和坚定的民主革命战士，还是新月派的代表诗人。1919年，他积极参加"五四"学生运动。1922年，他赴美国学习美术，在留学期间，创作出《七子之歌》。代表作品有《红烛》《死水》等。

时代的鼓手——读田间的诗

鼓——这种韵律的乐品,是一切乐器的祖宗,也是一切乐器中之王。音乐不能离韵律而存在,它便也不能离鼓的作用而存在。鼓象征了音乐的生命。

提起鼓,我们便想到了一串形容词:整肃,庄严,雄壮,刚毅,和粗暴,急躁,阴郁,深沉……鼓是男性的,原始男性的,它蕴藏着整个原始男性的神秘。它是最原始的乐器,也是最原始的生命情调的喘息。

如其鼓的声律是音乐的生命,鼓的情绪便是生命的音乐。音乐不能离鼓的声律而存在,生命也不能离鼓的情绪而存在。

诗与乐一向是平行发展着的。正如从敲击乐器到管弦乐器是韵律的音乐发展到旋律的音乐,从三四言到五七言也是韵律的诗发展到旋律的诗。音乐也好,诗也好,就声律说,这是进步。可痛惜的是,声律进步的代价是情绪的萎顿。在诗里,一如在音乐里,从此以后以管弦的情绪代替了鼓的情绪,结果都是"靡靡之音"。这感觉的愈趋细致，乃是感情愈趋脆弱的表征，而脆弱感情不也就是生命疲困，甚或衰竭的朕兆①吗？二千年来古旧的历史，说来太冗长，单说新诗的历史，打头不是没有一阵朴质而健康的鼓的声律与情绪，接着依然是"靡靡之音"的传统，在舶来品的商标的伪装之下，支配了不少的年月。疲困与衰竭的半音，似乎比历史上任何时期都变本加厉了的风行着。那是宿命，是历史发展的必然阶段吗？也许。但谁又叫新生与振奋的时代来得那样突然！箫声，琴声（甚至是无弦琴），自然配合不上流血与流汗的工作。于是忙乱中，新派，旧派，人人都设法拖出一面鼓来，你可以想象一片潮湿而发霉的声响，在那壮烈的场面中，显得如何的滑稽！它给你的印象仍然是疲困与衰竭。它不是激励，而是揶揄，侮蔑这战争。

于是，忽然碰到这样的声响，你便不免吃一惊：

"多一颗粮食，

就多一颗消灭敌人的枪弹！"

听到吗

这是好话哩！

听到吗

我们

要赶快鼓励自己底②心

---

① 朕兆：征兆；兆头。
② 底：旧同助词"的"。

到地里去!

要地里

长出麦子;

要地里

长出小米;

拿这东西

当做

持久战的武器。

(多一些!

多一些!)

多点粮食,

就多点胜利。

——田间:《多一些》

这里没有"弦外之音",没有"绕梁三日"的余韵,没有半音,没有玩任何"花头",只是一句句朴质、干脆、真诚的话(多么有斤两的话!),简短而坚实的句子,就是一声声的"鼓点",单调,但是响亮而沉重,打入你耳中,打在你心上。你说这不是诗,因为你的耳朵太熟习于"弦外之音"……那一套,你的耳朵太细了。

你看,——

他们底

仇恨的
力，
他们底
仇恨的
血，
他们底
仇恨的
歌，
握在
手里。
握在
手里，
要洒出来……
几十个，
很响地
——在一块；
几十个
达达地，
——在一块；
回旋……
狂蹈……
耸起的
筋骨，

凸出的

皮肉。

挑负着

——种族的

疯狂

种族的

咆哮！……

——田间：《人民底舞》

这里便不只鼓的声律，还有鼓的情绪。这是鞌之战中晋解张用他那流着鲜血的手，抢过主帅手中的槌来擂出的鼓声，是祢衡那喷着怒火的"渔阳掺挝"，甚至是，如诗人 Robert Lindsey 在《刚果》中，剧作家 Eugene O'Neil 在《琼斯皇帝》中所描写的，那非洲土人的原始鼓，疯狂，野蛮，爆炸着生命的热与力。这些都不算成功的诗（据一位懂诗的朋友说，作者还有较成功的诗，可惜我没见到）。但它所成就的那点，却是诗的先决条件——那便是生活欲，积极的，绝对的生活欲。它摆脱了一切诗艺的传统手法，不排解，也不粉饰，不抚慰，也不麻醉，它不是那捧着你在幻想中上升的迷魂音乐。它只是一片沉着的鼓声，鼓舞你爱，鼓动你恨，鼓励你活着，用最高限度的热与力活着，在这大地上。

当这民族历史行程的大拐弯中，我们得一鼓作气来渡过危机，完成大业。这是一个需要鼓手的时代，让我们期待着更多的"时代的鼓手"出现。至于琴师，乃是第二步的需要，而且目前我们有的是绝妙的琴师。

原载于1943年11月13日《生活导报周年纪念文集》

"五四"历史座谈

时间——三十三年五月三日晚

地点——联大新舍南区十号教室

刚才周炳琳先生报告了"五四"时候北大的情形，五四运动的中心是在北大，而清华是在城外，"五三"那天的会不能够去参加。（记者按：周炳琳先生方才说到五三晚上北大学生集会于北大第三院大礼堂，决定次日的游行示威。）至于后来的街头演讲，清华倒干得很起劲，一千多人被关起来，其中有许多是清华的。我那时候呢？也是因为喜欢弄弄文墨，而在清华学生会里当文书。我想起那时候的一件呆事，也是表示我文人的积习竟有这样深："五四"的消息传到了清华，五五早起，清华的食堂门口出现了一张岳飞的《满江红》，就是我在夜里偷偷地去贴的。所以我今天看了许多同学的壁报，觉得我那时候贴的东西真太不如今天你们的壁报了。我一直在学校里管文件，没有到城里参加演讲，除了有一次是特殊的之外。那年暑假到上海开学生总会，周先生（炳琳）代表北大，我代表清华到上海听过中山先生的演讲，我的记忆极坏，此外没有甚么事实可以报告，只知道当时的情绪，就像我的贴《满江红》吧！

方才张先生说"五四"是思想革命是正中下怀，（记者按：张奚若先生说道："辛亥革命是形式上的革命，'五四'则是思想革命。"）但是你们现在好像是在审判我，因为我是在被革的系——中文系里面的。但是我要和你们里应外合！张先生说现在精神解放已走入歧途，我认为还是太客气的说法，实在是整个都走回去了！是开倒车了！现在有些人学会了新名词，拿它来解释旧的，说外国人有的东西我国老早就都有啦！我为什么教中国文学系呢？"五四"时代我受到的思想影响是爱国的、民主的，觉得我们中国人应该如何团结起来救国。"五四"以后不久，我出洋，还是关心国事，提倡 Nationalism，不过那是感情上的，我并不懂得政治，也不懂得三民主义，孙中山先生翻译 Nationalism 为民族主义，我以为这是反动的。回国以后在好几次的集会中曾经和周先生站在相反的立场。其实现在看起来，那是相同的，周先生：你说是不是？我在外国所学的本来不是文学，但因为这种 Nationalism 的思想而注意中文，忽略了功课，为的是使中国好，并且我父亲是一个秀才，从小我就受诗云子曰的影响。但是愈读中国书就愈觉得他是要不得的，我的读中国书是要戳破他的疮疤，揭穿他的黑暗，而不是去捧他。我是幼稚的，但要不是幼稚的话，当时也不会有五四运动了。青年人是幼稚的、重感情的，但是青年人的幼稚病，有时并不是可耻的，尤其是在一个启蒙的时期，幼稚是感情的先导，感情一冲动，才能发出力量。所以有人怕他们矫枉过正，我却觉得更要矫枉过正，因为矫枉过正才显得有力量。当时要打倒孔家店，现在更要打倒，不过当时大家讲不出理由来，今天你们可以来请教我，我念过了几十年的经书，愈念愈知道孔子的要不得，因为那是封建社会底下的，封建社会是病态的社会，儒学就是用来维持封建社会的假秩序的。他们要把整个社会弄得死板不动，所以封建社会的东西全是要不得的。我相信，凭我的读书经验和心得，他是实在要不得的。中文系的任务就是要知道他的要不得，才不至于开倒车。但是非中文系的人往往会受父辈诗云子曰的影响，也许在开倒车……负起"五四"的责任是不容易的，因为人家不许我们负呀！这不是口头说说的，你在行为上的小地方是会处处反映出孔家店的。

原载《大路》第 5 期

兽·人·鬼

刽子手们这次杰作，我们不忍再描述了，其残酷的程度，我们无以名之，只好名之曰兽行，或超兽行。但既已认清了是兽行，似乎也就不必再用人类的道理和它费口舌了。甚至用人类的义愤和它生气，也是多余的。反正我们要记得，人兽是不两立的，而我们也深信，最后胜利必属于人！

胜利的道路自然是曲折的，不过有时也实在曲折得可笑。下面的寓言正代表着目前一部分人所走的道路。

村子附近发现了虎，孩子们凭着一股锐气，和虎搏斗了一场，结果遭牺牲了，于是成人们之间便发生了这样一串纷歧的议论：

——立即发动全村的人手去打虎。

——在打虎的方法没有布置周密时，劝孩子们暂勿离村，以免受害。

——已经劝阻过了，他们不听，死了活该。

——咱们自己赶紧别提打虎了，免得鼓励了孩子们去冒险。

——虎在深山中，你不惹它，它怎么会惹你？

——是呀！虎本无罪，祸是喊打虎的人闯的。

——虎是越打越凶的，谁愿意打谁打好了，反正我是不去的。

议论发展下去是没完的，而且有的离奇到不可想象。当然这里只限于人——善良的人的议论。至于那"为虎作伥"的鬼的想法，就不必去揣测了。但愿世上真没有鬼，然而我真担心，人既是这样的善良，万一有鬼，是多么容易受愚弄啊！

原载 1945 年 12 月 9 日《时代评论》第 6 期

杨振声

你以为的杨振声
- 谦虚的学者
- 「五四」精神的传承人
- 五四运动的先锋
- 五四运动的学生领袖之一
- 细致严谨
- 潇洒大方
- 坦率正直

实际上的杨振声
- 知人善任的"伯乐"
- 甘为「人梯」的名士
- 刚正不阿的艺术名流
- 高瞻远瞩
- 廉洁自持
- 平易近人
- 思想开明

杨振声

杨振声(1890—1956),字今甫,亦作金甫,笔名希声,现代教育家、作家、教授。

1915年,他考入北京大学国文系。1918年秋,他与北大同学傅斯年、罗家伦等一起组织筹备成立"新潮社"。1919年1月,创办《新潮》杂志,任《新潮》编辑部书记。

五四运动中,杨振声作为北京大学的学生领袖,参加了游行示威,后因火烧赵家楼而被捕。代表作品有《玉君》《贞女》《阿兰的母亲》《渔家》《荒岛上的故事》等。

荒岛上的故事

　　小孩时在海岸上拾贝壳，入水捉飞蟹，在岩石下摸鱼捞虾，倦了便坐在一带沙城子安放着古老的铁炮上，向着那绵延数百里的岛屿作梦，幻想一些仙女或英雄的故事。在夕阳压山的时候，古红的晚霞照常把这些岛屿染成浅绛，变成深紫，而海上的云烟又每使这些岛屿掩映出没，忽隐忽现。也许是这个理由，在航海术还未发达的古史时代，那些同小孩一般幼稚的心灵，称这一带岛屿为海上神山，可望而不可及①。

　　在这一带岛屿中，那些较大的几个，不知自何年代起始，已疏疏落落地住着渔民。但大多数的小岛上，还在保存着原始的洪荒状态，除了密茂的棒莽中藏着野兽昆虫，和在黄昏时偶而有几只海鸥在其上空翱翔外，从未印过人类的足迹。

　　抗战的情绪随着敌人的炮火燃烧于我国的沿海线，如烽火

---

① 及：达到。

一般的炽烈。而这一带沿海的岛屿也便成一般血性青年出没之地，岛上浑沌的渔民从此也燃烧起星星的爱国热情。敌人在盘踞其中最大的一个——长山岛——之后，又掠夺民间的渔船，向其余群岛中进行其所谓"肃清工作"。

武诚有一只新船，这是他五年辛苦赚得的一个骄傲。全新的楸木船板，漆上一层桐油，透出一种娇嫩的淡黄色泽。刀鱼一般的瘦俏船身在深绿的海面上划来划去，每穿过邻家灰黄色的旧船群中，犹如一位少女经过一群老太婆跟前的骄矜。

在岛上，谁家有一只新渔船，就如在国际间谁造了一条新主力舰一样的惹人妒嫉的注意。因此，武诚的新船——他一生的希望，也是他一家四口的生命线——便为敌人所征发了。

十几个面目狰狞的敌人架着两架机关枪、一门小钢炮，占有了武诚的新船。他们驶往周围的岛屿去屠杀中国青年，而帮助他们驾船的是武诚。这只新船所给予武诚的希望变成了灾害，骄傲变成了耻辱！

一天，在一个邻近的小小荒岛的沙滩上，敌人看见有一堆柴灰，他们下了船，在岸边一带的丛岩中，发现了藏着一只小船，于是敌人便搜索前进。不久，树林中透出枪声，接着是敌人机关枪的密响。约有半个时辰以后，枪声稀疏了，终至于全岛入于一片死灭的沉静。

树林中走出敌人的队形，两个敌兵扛着一只敌尸，还有两个架着一个女学生装束的中国青年。她左臂受了伤，血洇着半截衣袖，她的短发为汗洗贴在前额上。因为她已经受了伤，敌人就没有绑起她的手。

一行来到海边，那鼻子下横抹一把牙刷的敌人小队长，就在海岸的沙滩上开了军事法庭。他用一口生涩而带有东三省的口音审问那青年女子道：

"你，什么人？"

"中华民国的国民。"那女子用右手把额上的头发往后一扫，扬着脸向空中作答。

小队长鼻下的牙刷掀了一掀，又问道：

"你，什么名字？"

"中国女儿。"

小队长赤出牙来，向他周围擎着枪刺对那女学生作冲锋姿势的敌兵莫奈何的笑了一笑。

"你，在这里作什么？"小队长理着他的黑牙刷问。

"侦察敌人的行动，唤醒岛上的居民。"

"你们，共总多少人？"

"四万万五千万。"

小队长的小胡掀动了几次，有大发雷霆之势。忽然他变了笑容，挺着胸脯，走近那个女学生作谄笑道：

"你，很美。"说着他伸出手来去摸那女子的左腮。此时她的两腮已为怒火烧得艳红。"拍"的一声，那女子的右手已打在小队长的左腮上。

小队长用手抚着他那发烧的腮向后退了两步。两眼发出凶暴的光芒，下令要他的兵士剥那女子的衣服。敌兵的枪刺向前合围，冷不防，就在此时，那女子向敌人的枪刺上猛力一撞，她利用敌人的武器与方法，剖腹自杀了！

在敌人守着敌尸垂头丧气的回程中，武诚一面摇着橹，一面回想方才这一幕悲壮的短剧。那女子一副骄傲的神情，她的答话的勇敢，危难时那种急智的自杀，都活现在他眼前。他从前只认为说书唱戏才会有的事情，于今他亲眼看见了。对于敌人，他心里本藏有说不出的厌恨，可是，畏惧使他变成怯懦，怯懦使他变成无耻！他真没有想到：一个赤手空拳的女子可以那般的威武。那个耳光打的有多响，多痛快！这给他一种惊讶，一种羡慕，那女子死的干净利落，更使他崇拜。他从未崇拜过什么。只记得在海神娘娘庙会时，听过"打渔杀家"那出戏后，他曾对于那个叫什么萧恩的同他的女儿桂英有过那么一种感想。那时他只觉得他愿意同他们一样，或可说是，他愿意跟他们一块儿报仇，也愿意跟他们一块儿逃走。那是他还在小孩子的时候，现在早忘了。不知怎地，这女子又使他想起那件事来，因为在此刻他又有了那同样的感想。

敌兵上岸后已是晚饭时候，渔村中已疏疏落落地出现了灯火。他知道他的父亲、母亲，还有一个妹妹都在等他回家吃晚饭。可是，他不想回家，更不觉得饥饿。他心里好似有块石头压着，压得他发闷。这股闷劲像似在心里乱撞，要找出路，可是他又不知道怎样办才好。他坐在沙滩一块岩石上，一手托着腮，对着那小小的荒岛出神，一动也不动的好像罗丹所雕的那个《思想者》。

灰色的海面上起了一层夕雾，那小小荒岛上的树木岩石渐渐地混合为一片黑影，又渐渐为昏雾笼罩，消失在无垠的黑暗中。此时只有海涛拍岸，卷着砂砾淅淅的流动之声。他不知道在那里坐了好久，直到下弦的半月，清凄的走出辽阔的海面，周围的岛屿才又现露出轮廓，那座小岛也在苍苍茫茫之中出现了。他此时心里清明了许多，在微茫的月色照着一片无底的寂寞中，他找到了他那颗纯洁的心要他作的一件事。

他跳上船，轻快地摇着橹，直扑那小小的荒岛而去。在船拢岸时，他的心在突突乱跳。他并不怕什么危险，只是一种奇异的感觉袭击着他，这感觉的生疏与奇幻使他如在梦中行事一般，可是他有一种清楚的目的与坚决的力量。

他上岸后，白天那一出悲剧的情节更清晰生动的在他眼前重演。他走去那岩石围着的一片幽静的沙滩上，看到那女子的尸首，侧身卧在那里，头无力的枕着右腕。茫茫的月色照在岩石、沙滩上，反射出点点的微光，一切的光又凝射在她那冷白如雪的脸上，一种静肃与沉默，藏着神秘的庄严。武诚不自觉的跪到她身边。他低头凝视了一回，又不自觉的伸出微颤的手去抚一下她露在短袖外的左臂，光滑而冰冷。他知道她已死了。他慢慢地立起身来，垂头站了一回，返身到船上取过一把斧头，在就近的树林中找到一段幽静的隙地，用斧头匆匆地掘成一个坑。

他回到她身边，躬下身去把她抱起来，他的心不知怎地跳得那样厉害。他虽是二十三岁了，却从未接触过女子的身体。

她那清俊的面庞柔顺的倒在他的臂弯里,他心里感到一种从未有过的温柔。可是,她已死了!只有她那蓬乱的短发在夜风中丝丝飘扬,这是她惟一能动的部分。

他将她轻轻地放下土坑中。当他往她身上放第一把土的时候,一种奇怪的悲哀使他忽又停止了。他感到他将与这个可怖的美丽的物象永诀了。他迟疑,他心痛,可是他必须埋葬她。于是他放上了第一把土,但那月色浸着的雪白清辉的面庞,他怎样也不忍得往上扬土。他想了一回,去到周围折了一些松枝与冬青,回头盖在她的面上,然后他狠心把全尸埋上了。

这工作是完了,可是他心里反感到异常的沉重。来的时候,为了一种奇异的目的,他心里动荡着憧憬与力量。现在冷月荒坟,一切都是死的寂寞,他从未感到这样深的悲哀。他呆呆地站在坟前,两滴大泪流在他那粗糙的腮上,忽然一句话涌上了他的口头。

"我替你报仇。"这句话一出口,他感到轻松了。他知道这样一定安慰了死者,他可不知道这样也救了他自己。他心里又动荡着一种憧憬与力量,同时他全身的筋肉都紧张起来。

他不再迟疑,不再留恋,返身跳上船,急急地驶回自己的岛上。此时斜月将坠,海面上闪闪的光辉已变成一抹银灰色的平面。这是东方放出的白光,天将晓了。

此事发生的第三天晚上,武诚接到敌人的通知,他们明天又要出发。在后半夜,下弦的月仍旧照在沙滩上,只是月更消瘦,夜更微茫了。他站在船边,向那小小的荒岛怅望,他似乎在向那岛上寂寞的孤坟远远地凭吊，他默默地点了点头，瘦削的脸上露出微笑。然后从胸中掏出一把凿子来，跳上船拿了斧头，在船舷刚接水面以上的地方——两块船板用油灰合缝处，他凿开了八寸长一寸宽的一道长隙。又从他的破被里撕下一块棉絮，塞紧了那道长隙。他知道船载重以后，这条长隙会沉到水面以下，而棉絮抵御水的沁入能到半个时辰以上。他收拾好一切的痕迹以后，对着那小小的荒岛又点了点头。他感到十分疲倦，就坐在船头沉沉入睡。

太阳升起以后，海面上闪耀着千万的金星。武诚为这强烈的光线照醒了。他探身掬取海水洗脸，看见一群小虾扬扬得意而来。他回手拿起篙竿，游戏的猛打下去，那群虾随着水花乱溅，又落到水里，疾窜而去。他笑了一笑跳上岸，在沙滩上走来走去，不耐地等着敌人的光临。

还是前天那一队，除掉死的一个，其余的通来了。他们上了船，指示武诚出发的方向，是在那小小的荒岛偏北更远的一个岛子。武诚明白，这是去搜索"她"的伙伴，他在心里暗笑了。

船正驶到海洋中，那棉花塞住的长隙已沁了水，船渐渐地沉重，武诚早已觉得出来，他只低头缓缓地摇橹，直至水快到船面，敌人才发觉了。

"你的船漏水！"那个小队长说，他还不晓得情形的严重。

"我的是新船。"武诚仰着头向空中作答，像"她"那骄傲的样子。

"不好！"那小队长觉得有点不对劲。他忙揭起踏板一看，

149

只见下面全是水。而船舷上一条长隙，水从那里突突冒进。他明白这已无法堵塞，不到五分钟船会沉下去的。小队长慌了手脚，他望望那些敌兵，都为一种死的震恐钉住在那里。

"你，你是奸细！"小队长掏出枪来对准武诚。

"我是中华民国的国民。"武诚记着那女子的答话。

"你们，共总多少人？"

"四万万五千万。"

"拍"的一声，那小队长的枪响了。武诚觉得胸前一阵剧痛，手中的橹掉了下来。在他向后倾倒的一刹那间，他看见他那一对年老的父母及年幼的妹妹在哭；他又看见那座荒坟里的女子在笑。随着这笑，他缥缈地飞向那小小的荒岛。

就在此时，那只满载着敌人的渔船，连同他们架在船头上的两架机关枪、一门小钢炮，渐渐下沉了。

海上起了一个大漩涡，接着几个敌兵在水面上挣扎，但这是在海洋中，离岸已太远了。海上继续的起了几个小漩涡，就恢复了它无边的沉静，只有那些绵延的岛屿像似永久的浸在日光中。

郑振铎 —— 向往光明的求道者

中国近代翻译理论的开拓者之一

你以为的郑振铎

- 英勇的斗士 —— 大众楷模
- 新文化运动中的战士
- 清高 —— 正直
- 诚实 —— 敏感
- 真诚
- 和善

实际上的郑振铎

- 嗜书如命的藏书家
- 社交达人
- 游刃有余的**多面手**
- 书生气十足
- 富有同情心
- 坚贞不屈
- 临危不惧

郑振铎

郑振铎(1898—1958),原名木官,字警民,笔名西谛、郭源新,中国现代文学家、社会活动家、文物收藏家、鉴定家、考古学家、藏书家。

1919年,他曾作为学生代表,参加五四运动。1921年,他在好友茅盾的引荐下,进入商务印书馆工作。代表作品有《中国通俗文学史》《中国文学论集》《俄国文学史略》《古本戏曲丛刊》《近百年古城古墓发掘史》等。

我是少年

一

我是少年！我是少年！
我有如炬的眼，
我有思想如泉。
我有牺牲的精神，
我有自由不可捐。
我过不惯偶像似的流年，
我看不惯奴隶的苟安。
我起！我起！
我欲打破一切的威权。

二

我是少年!我是少年!

我有溃腾的热血和活泼进取的气象。

我欲进前!进前!进前!

我有同胞的情感,

我有博爱的心田。

我看见前面的光明,

我欲驶破浪的大船,

满载可怜的同胞,

进前!进前!进前!

不管它浊浪排空,狂飙肆虐,

我只向光明的所在,

进前!进前!进前!

1919年11月1日北京《新社会》旬刊创刊号

暮影笼罩了一切

"四行孤军"的最后枪声停止了。临风飘荡的国旗,在群众的黯然神伤的凄视里,落了下来。有低低的饮泣声。

但不是绝望,不是降伏,不是灰心,而是更坚定的抵抗与牺牲的开始。苏州河畔的人渐渐的散去。灰红色的火焰还可瞭望得到。

血似的太阳向西方沉下去。

暮色开始笼罩了一切。

是群鬼出现,百怪跳梁的时候。

没有月,没有星,天上没有一点的光亮。黑暗渐渐的统治了一切。

我带着异样的心,铅似的重,钢似的硬,急忙忙的赶回家,整理着必要的行装,焚毁了有关的友人们的地址簿,把铅笔纵横写在电话机旁墙上的电话号码,用水和抹布洗去。也许会有什么事要发生。准备着随时离开家。先把日记和有关的文稿托人寄存到一位朋友家里去。

小箴已经有些懂事,总是依恋在身边。睡在摇篮里的倍倍,却还是懵懵懂懂的。看望着他们,心里浮上了一缕凄楚之感。生活也许立刻便要发生问题。

但挺直着身体,仰着头,预想着许多最坏的结果,坚定地做着应付的打算。

下午,文化界救亡协会有重要的决议,成为分散的地下的工作机关。《救亡日报》停刊了。一部分的友人们开始向内地或香港撤退。他们开始称上海为"孤岛"。但我一时还不想离开这"孤岛"。

夜里,我手提着一个小提箱,到章民表叔家里去借住。温情的招待,使我感到人世间的暖热可爱。在这样彷徨若无所归的一个时间,格外的觉到"人"的同情的伟大与"人间"的可爱可恋。个个人都是可亲的,无机心的,兄弟般的友爱着,互助着,照顾着。他们忘记了将临的危险与恐怖,只是热忱的容留着,招待着,只有比平时更亲切,更关心。

白天,依然到学校里授课,没有一分钟停顿过讲授。学生们在炸弹落在附近时,都镇定着坐着听讲;教授们在炸声轰隆,门窗格格作响时,曾因听不见语声而暂时停讲半分数秒,但炸声一息,便又开讲下去。这时,师生们也格外的亲近了;互相关心着安全。他们谈说着我们的"马其诺防线"的可靠,信任着我们的军官与士兵。种种的谣传都像冰在火上似的消融无踪。可爱的青年们是坚定的。没有凄婉,没有悲伤;只是坚定的走着应走的路。有的，走了：从军或随军做着宣传的工作。不走的，更热心的在做着功课，或做着地下的工作。他们不知恐怖，不怕艰苦，虽然恐怖与艰苦正在前面等待着他们。教员休息室里的议论比较复杂，但没有一句"必败论"的见解听得到。

后来，"马其诺防线"的防守，证明不可靠了；南京被攻下，大屠杀在进行。"马当"的防线也被冲破了。但一般人都还没有悲观。"信仰"维持着"最后胜利"的希望。"民族意识"坚定着抵抗与牺牲的决心。

同时，狐兔与魍魉们却更横行着。"大道市政府"成立，"维新政府"成立。暗杀与逮捕，时时发生。"苏州河北"成了恐怖的恶魔的世界。"过桥"是一个最耻辱的名词。汉奸们渐渐的在"孤岛"似的桥南活动着，被杀与杀人。有一个记者，被杀了之后，头颅公开的挂在电杆上示众。有许多人不知怎样的失了踪。

极小的一部分知识分子动摇了。

学生们常常来告密，某某教员有问题，某某人很可疑。但我还天真的不信赖这些"谣言"。在整个民族做着生死决战的时期，难道知识分子还会动摇变节么？这简直是不可思议的"盲猜"与"瞎想"。

但事实证明了他们情报的真确不假。

有一个早上，与董修甲相遇，我在骂汉奸，他也附和着。但第二天，他便不来上课了。再过了几天，在报上知道他已做了伪官。

张素民也总是每天见面，每天附和着我的意见，但不久，也便销声匿迹，之后，也便公开做了什么"官"了。

还有一个张某和陈柱，同受伪方的津贴，这事，我也不相信。但到了陈柱（这个满嘴的"威武不能屈，富贵不能淫"的东西）"走马上任"，张某被友人且劝且迫的到了香港发表"自首文"时，我也才觉得自己是被骗受欺了。

可怕的"天真"与对于知识分子的过分看重啊！

学生里面也出现"奸党"。好在他们都是"走马上任"去的，不屑在学校里活动；也不敢公开地宣传什么，或有什么危害。他们总不免有些"内愧"。学校里面依然是慷慨激昂的我行我素。

虽然是两迁三迁的，校址天天的缩小，但精神却很好；很亲切，很温暖，很愉快。

青年们还在举行"座谈会"什么的，也出版了些文艺刊物；还做着民众文艺的运动，办着平民夜校。和平时没有什么不同；只不过多带着些警觉性。可爱与骄傲，信仰与决心，交织成了这一时期的青年们活动的趋向。

我还每夜都住在外面。有时候也到古书店里去跑跑。偶然的也挟了一包书回来。借榻的小室里，书又渐渐的多起来。生活和平常差不了多少，只是十分小心的警觉着戒备着。

有一天到了中国书店，那乱糟糟的情形依样如旧。但伙计们告诉我：日本人来过了，要搜查《救亡日报》的人；但一无所得。《救亡日报》的若干合订本放在阴暗的后房里，所以他们没有觉察到。搜查时，汪馥泉恰好在那里。日本人问他是谁。

他穿着一件蓝布长衫，头发长长的，长久不剪了，答道："是伙计。"也真像一个古书店的伙计，才得幸免。以后，那一批"合订本"便由汪馥泉运到香港去。敌人的密探也不曾再到中国书店过。亏得那一天我没有在那里。

还有一天，我坐在中国书店，一个日本人和伙计们在闲谈，说要见见我和潘博山先生。这人是清水，管文化工作的。一个伙计偷偷的问我道："要见他么？"我连忙摇摇头。一面站起来，在书架上乱翻着，装作一个购书的人。这人走了后，我向伙计们说道："以后要有人问起我或问我地址的，一概回答不知道，或长久没有来了一类的话。"为了慎重，又到汉口路各肆嘱咐过。

我很感谢他们，在这悠久的八年里，他们没有替我泄露过一句话，虽然不时的有人去问他们。

隔了一个多月，好像没有什么意外的事会发生，我才再住到家里去。

夜一刻刻的黑下去。

有人在黑夜里坚定的守着岗位，做着地下的工作；多数的人则守着信仰在等待天亮。

极少数的人在做着丧心病狂和为虎作伥的事。

这战争打醒了久久埋伏在地的"民族意识"；也使民族败类毕现其原形。

159

社会经济研究事业的开拓者

中国社会教育学的奠基人

二十世纪中国社会调查事业的开创者之一

五四运动里的社会学家

谦逊　诚朴　严谨

淳厚　清廉

你以为的陶孟和

陶孟和　人间清醒的学者

实际上的陶孟和

刚正不阿　赤子之心　通达

与时俱进的知识分子

《新青年》的主要撰稿人

洁身自好

陶孟和

陶孟和(1887—1960),原名履恭,字孟和。他是我国著名的社会学家、教育学家,是中国社会学界最先采用账簿调查法研究中国工人家庭生活的学者,还是最早把教育社会学引进中国的人。

1913年,他获得伦敦大学经济学博士学位。归国后,他便在北京大学任教,并担任北京大学文科教务长。代表作品有《社会问题》《社会与教育》等。

社会调查

我向来抱着一种宏愿,要把中国社会的各方面全调查一番。这个调查除了学术上的趣味以外,还有实际的功用。一则可以知道吾国社会的好处,例如家庭生活种种事情,婚丧祭祀种种制度,凡是使人民全体生活良善之点,皆应保存;一则可以寻出吾国社会上种种,凡是使人民不得其所,或阻害人民发达之点,当讲求改良的方法。

追溯发这个愿心,却是很早,六年前(一九一二年)的春天,我在伦敦同一位同学梁君要编纂一部述中国社会生活的书给外国人读。我最初以为凡是中国人,都生长在中国社会里,每天所经验的,所接触的,自然都是中国社会里所发现的事,把他写出来,当不觉有何困难。然而以后写起来的时候,就觉得个人的经验有限,个人所接触的事物限于极小范围,个人所知的社会生活不过是一极小部分。我们过去有好几千年的历史,但是这历史上的社会生活如何,我们却不得而知。我们生长大都在一个地方，我们关于生长地的情形知道的已极不详细，更不必论全中国了。我觉得我们中国各地方人，互相隔阂。所有一知半解，亦不过一小方面，却不是社会之全体。我在编辑的时候于是不得不稍为①依赖古今人所著的书籍，补我的经验不完与记忆不清的地方。然而中国关于社会生活的书籍又非常的稀罕，论起群盲所崇拜的人物来，说得"天花乱坠"，叫现在稍有怀疑思想的人看起来，就觉得文人之笔舞文弄墨，不足凭信。及至论到人民一般的状况，记载又失之过于简略。司马迁的《史记》不得不算一部有价值的史书，然而记述人民一般之真状，资料亦非常缺乏。如其《平准书》曰：

"汉兴七十馀年之间，……民则人给家足，都鄙廪庾皆满。……"

所谓"人给家足"，未免太失之空泛。若是现在研究社会经济的考究起来，搜寻各种材料，只就汉兴七十余年间，足可以再著出一部与《史记》长短差不多的经济史来。后人叙述人民一般的事情，都是沿用一种空泛捉摸不着的套语，一般百姓每天如何生存，未有能详细记载的。

以后我忽然想起我国各地方差不多有志书。志书里记各地方最近二三百年之风俗制度，关于社会生活的材料定然不少。我于是到剑桥大学藏中国书籍的地方，把各种志书都翻阅一过，后来只见江苏某县志书内载有一条：大意谓该处人民业蚕桑，

---

① 稍为：稍微。

每日侵晨有贫窭之民植立桥畔待雇，日得工资若干文，不得者皆懊丧归家。此短文写出人民经济状况，如经济生存之竞争，生活程度，失业问题，实社会研究之好材料。可惜此类之记载极少。其他志书所载四季之风俗，婚丧之礼节，不是陈旧套语，就是失之简略。我因此才恍然明白了两件事。一则我们中国人于"生活"（生活有两个意思，一就是生存的意思，最为简单，如各种生物与人类全要生活。一则生活之道的意思，如家庭生活，宗教生活，乃是人所特长。是即文中所用之意。文明愈高，则人的生活之道愈精致，愈高尚。所以人不当只求生活，且须求生活之道；若生活不得其道，则宁可舍去生活，亦不为憾。）一道素不注意，素欠研究，所以思想能力用在生活之道者有限。此中固然有种种原因，今日无庸详论，然而此种事实，实在是不可掩的。一则我们人民是不值什么的，不在话下的。我国的文学家宁可以为一个人用几万几十万字夸耀他的功绩德行，不愿用几十个字几百个字叙述一般人民的真状。外国人常好说我们中国重文，所以典籍之多，世界上各国论起数目来都比不上。我以为中国的书籍比较各文明国数目反太少。所有的都是用铺张扬厉的笔法记些英雄恶霸的故事；或者不合理的文笔，发表不合理的想象；或者如胡适之先生所说，用"奴性邏輯"解释陈言，为古人的奴隶。有几部书是专描写一般人民的？就是各种志书里亦记些"先儒""烈女"。先儒烈女之外，众男子众女人不计其数，如何生活，却不可得而知了。我们中国人是一个哑国民。人民的欢乐，人民的冤苦，一般生活的状态，除了些诗歌小说之外，绝少有记出来的。而一般能写能画能发表一己之经验的人，又以为秦政、刘邦较当时好几百万的人民重要得多。所谓圣贤豪杰之休戚较诸一般百姓之苦乐重要得多。这种崇拜英雄之理想，就是现在一般愚民希望贤人政治之根源。要知一国之中，不贵在有尧、舜、禹、汤或大彼得、拿坡仑，而贵在一般人民都能发达，不必等着枭雄恶霸就可以自治的。有了"贤人"政客，反防害一般人民能力的发达，"圣人不死"便待人民如聋如哑，如痴如盲，本"圣人"之意旨，定为法律政制，范围社会，那就扰得社会更不宁了。所以研究社会，调查社会上各种现象，有何美点，有何弊病，可以使一般人民全有发展成圣贤之机会，那就用不着"贤人政治"，亦就无"贤人"营私利己之机会了。

我抱着这种希望虽然极久，但是始终没有自身从事调查。三年前，北京青年会设有社会实进会，会员诸君曾调查北京城里人力车夫，当时我就着调查的材料作出一份报告，可以见出人力车是否为一种好职业，其收入是否足供衣食住之资，其职业生何种效果于社会。报告虽不详尽，然以上诸端，颇可使我们猛省，发同情谋救济的方法。但是现在中国的社会调查我以为乡村调查最为重要。我国以农业为本，人民的大部分全是务农，或作农业副产物的工作。所以农间生活实在是我们现在最切要的一个大问题，较比都市生活所产出种种问题切要得多。中国人住在都市里的人极少，住在乡村里的人极多；要是不研究乡村里生活的状况与技术的情形，分别他们的好处坏处，引导他们向进步的方面发展，成为能自治之国民，而只盼望生在都市里的人受特殊教育，专去治理这些乡村的人，那就是"贤人政治"的思想。这种办法是无益于民，与今日民治的观念凿枘[1]不相入的。所以我们要从事社会调查，应该先从乡村生活农民生活方面着手。

原载1918年《新青年》4卷3号

---

[1] 凿枘（ruì）：卯眼和榫头，比喻互相投合。

新文化运动的代表人物之一

家庭专制主义者

奢靡

冷漠

专制

守旧

你以为的吴虞

吴 虞 中国思想界的"清道夫"

实际上的吴虞

悲情的失败者

怪人

时代的弄潮儿

恰逢其时的文化名人

只手打倒孔家店的老英雄

矛盾体

吴虞

吴虞（1872—1949），原名姬传、永宽，字又陵，亦署幼陵，号黎明老人，四川新繁龙桥乡人。近代思想家、学者。

他早年曾赴日留学，归国后任四川《醒群报》主笔。他曾在《新青年》上发表《家族制度为专制主义之根据论》《说孝》《吃人与礼教》等文，猛烈抨击旧礼教和儒家学说，在"五四"时期影响较大。胡适称他为"中国思想界的清道夫""只手打倒孔家店的老英雄"。

吃人与礼教（节选）

我读《新青年》里鲁迅君的《狂人日记》，不觉得发了许多感想。我们中国人，最妙是一面会吃人，一面又能够讲礼教。吃人与礼教，本来是极相矛盾的事，然而他们在当时历史上，却认为并行不悖的，这真正是奇怪了！

《狂人日记》内说："我翻开历史一查，这历史每叶上都写着'仁义道德'几个字。我仔细看了半夜，才从字缝里看出字来，满本都写着两个字，是'吃人'！"我觉得他这《日记》，把吃人的内容和仁义道德的表面看得清清楚楚。那些戴着礼教假面具吃人的滑头伎俩，都被他把黑幕揭破了。我现在试举几个例来证明他的说法：

（一）《左传》僖公九年，（周襄）王使宰孔赐齐侯胙，曰："天子有事于文、武，使孔赐伯舅胙。"齐侯将下拜。孔曰："且有后命：天子使孔曰：'以伯舅耋老，加劳赐一级，无下拜。'"对曰："天威不违颜咫尺，小白余敢贪天子之命，无下拜？恐陨越于下，以遗天子羞。敢不下拜？"下拜，登受。这是记襄王祭文王、武王之后，拿祭肉分给齐侯，说"齐侯年老，可以不必下拜"，讲君臣的礼节。齐侯听得襄王如此分付[①]，便同管子商量。管子答道，照着襄王分付的话做去，不行旧礼，便成了为君不君，为臣不臣，那就是大乱的根本了（《齐语》）。于是齐侯出去见客，便说道："天子如天，鉴察不远，威严常在颜面之前，不敢不拜。"据这样看来，齐侯是很讲礼教的，君君臣臣的纲常名教，就是关于小小的一块祭肉，也不能苟且。讲礼教的人到这步田地，也就尽够了。就是如今刻《近思录》《传习录》的老先生讲起礼教来，未必有这样的认真。齐侯真不愧为五霸之首了！然而我又考《韩非子》说道："易牙为君主味，君之所未尝食，唯人肉耳。易牙蒸其首子而进之。"《管子》说道："易牙以调和事公，公曰：'惟蒸婴儿之未尝。'于是蒸其首子而献之公。"（戴子高《管子校正治要》"首子"作"子首"，《韩子·难篇》同，今本误倒。）你看齐侯一面讲礼教，尊周室，九合诸侯，不以兵车，葵丘大会说了多少"诛不孝，无以妾为妻，敬老慈幼"等等道德仁义的门面话；却是他不但是姑姊妹不嫁的就有七个人，而且是一位吃人肉的。岂不是怪事！好象[②]如今讲礼学的人，家中淫盗都有，他反骂家庭不应该讲改革。表里相差，未免太远。然而他们这类人，在历史上，在社会上，都占了好位置，得了好名誉去了。所以奖励得

---

① 分付：现写作"吩咐"，意即嘱咐。

② 好象：现写作"好像"。

历史上和社会上表面讲礼教、内容吃人肉的，一天比一天越发多了。

（二）就是汉高帝。《汉书》：高帝二年，"汉王为义帝发丧，袒而大哭，哀临三日。发使告诸侯曰：'天下共立义帝，北面事之。今项羽放杀义帝江南，大逆无道。寡人亲为发丧，兵皆缟素，愿从诸侯王击楚之杀义帝者。'"高帝虽是大流氓出身，但他这样举动，是确守名教纲常，最重礼教的了。十二年，过鲁，以太牢祀孔子。孔二先生背时多年，自高帝用太牢加礼以后，后世祀孔的典礼，便成了极重大的定例。武帝以后，用他传下这个方法，越发尊崇孔学，罢黜百家，儒教遂统一中国。这崇儒尊孔的发起人，是要推高帝；儒教在中国专制了二千多年，也要推高帝为首功了。班固又恭维高帝道："天下既定，命萧何次律令，韩信申军法，张苍定章程，叔孙通制礼仪，陆贾造《新语》：虽日不暇给，规摹弘远矣。"据这样看来，汉高帝哭义帝、斩丁公，他把名教纲常看得非常重要。他晓得三纲之中，君臣一纲，关系自己的利害尤其吃紧，所以见得孔二先生说"君臣之义不可废"的话，他就立刻把从前未做皇帝时候"溺儒冠"的脾气改过，赶忙拿太牢去祀孔子，好借孔子种种尊君卑臣的说法来做护身符。他又制造许多律令礼仪来维持辅助，以期贯彻他那些名教纲常的主张，果然就传了四百年天下，骗了个"高皇帝"的尊号，史臣居然也就赞美他得天统了。却是我读《史记·项羽本纪》，说：项王"与汉俱临广武而军，相守数月。当此时，彭越数反梁地，绝楚粮食，项王患之。为高俎，置太公其上,告汉王曰:'今不急下,吾烹太公!'汉王曰:'吾与项羽俱北面受命怀王,约为兄弟;吾翁即若翁,必欲烹而翁,幸分我一杯羹!'"汉王这样办法,幸而有位项伯在旁营救,说是"为天下者不顾家",就是说想得天下做皇帝的人,本来就不顾他老爹死活的。项王幸亏听了他的话,未杀太公。假如杀了,分一杯羹给汉王,那汉王岂不是以吃他老爹的肉为"幸"吗?又读《史记·黥布列传》,说:"汉诛梁王彭越,醢①之,盛其醢,遍赐诸侯。"这也可见当时以人为醢,不但皇帝吃人肉,还要遍给诸侯,尝尝人肉的滋味。怪不得《左传》记"析骸②易子而食";《曾国藩日记》载洪杨之乱,江苏人肉卖九十文钱一斤,涨到一百三十文钱一斤……

(三)就是臧洪、张巡辈了。考《后汉书·臧洪传》:"洪,中平末,弃职还家,太守张超请他做郡功曹。后来曹操围张超于雍丘,洪将赴其难,自以众弱,从袁绍请兵。袁绍不听,超城遂陷,张氏族灭,洪由是怨绍,绝不与通。绍兴兵围洪,城中粮尽,洪杀其爱妾,以食兵将。兵将咸流涕,无能仰视。"臧洪不过做张超的功曹,张超也不过是臧洪的郡将,就在三纲的道理说起来,也没有该死的名义。便有知己之感,也止可自己慷慨捐躯,以死报知己,就完事了。怎么自己想做义士,想身传图像,名垂后世,却把他人的生命拿来供自己的牺牲,

---

① 醢(hǎi):古代的一种酷刑,即把人剁成肉酱。
② 析骸:劈开人的骨头。语见《左传·宣公十五年》:"敝邑易子而食,析骸以爨(cuàn)。"

杀死爱妾,以享兵将,把人当成狗屠呢?这样蹂躏人道,蔑视人格的东西,史家反称许他为"壮烈",同人反亲慕他为"忠义",真是是非颠倒,黑白混淆了。自臧洪留下这个榜样,后来有个张巡,也去摹仿他那篇文章:考《唐书·忠义传》载:"张巡守睢阳城,尹子奇攻围既久,城中粮尽,易子而食,析骸而爨。巡乃出其妾,对三军杀之,以飨军士,曰:'诸公为国家戮力守城,一心无二。巡不能自割肌肤以啖将士,岂可惜此妇人!'将士皆泣下,不忍食,巡强令食之。括城中妇女,既尽,以男夫老小继之,所食人口二三万。许远亦杀奴僮以哺士卒。"(《新书》)臧洪杀妾,兵将都流涕,不能仰视。张巡杀妾,军士都不忍食。可见越是自命忠义的人,那吃人的胆子越大。臧洪、张巡被礼教驱迫,至于忠于一个郡将,保守一座城池,便闹到杀人吃人都不顾,甚至吃人上二三万口。仅仅他们一二人对于郡将、对于君主,在历史故纸堆中博得"忠义"二字。那成千累万无名的人,竟都被人白吃了!

孔二先生的礼教讲到极点,就非杀人吃人不成功,真是惨酷极了!一部历史里面,讲道德说仁义的人,时机一到,他就直接间接的都会吃起人肉来了。就是现在的人,或者也有没做过吃人的事;但他们想吃人,想咬你几口出气的心,总未必打扫得干干净净!

到了如今,我们应该觉悟:我们不是为君主而生的!不是为圣贤而生的!也不是为纲常礼教而生的!什么"文节公"呀、"忠烈公"呀,都是那些吃人的人设的圈套来诳骗我们的!我们如今应该明白了！吃人的就是讲礼教的，讲礼教的就是吃人的呀！

　　　　　　八，八，二九，吴虞草于成都师今室
　　　　　　《新青年》6卷6号

张元济 — 中国出版业第一人

你以为的张元济

- 国士 —— 出版界的传奇人物
- 书馆掌门 —— 学问家的楷模
- 温和 —— 学识渊博
- 趋新
- 有所为有所不为的编辑
- 中国近代史上跨时代的伟大人物

实际上的张元济

- 社交界的「天花板」
- 书籍收藏爱好者
- 出版巨子
- 商务印书馆 CEO
- 社交达人
- 有君子之风
- 不躁进
- 不保守

张元济

张元济（1867—1959），字筱斋，号菊生，浙江海盐人。他是我国杰出的出版家、教育家、爱国实业家。他曾与蔡元培等人一同创办《外交报》，在蔡元培离开上海去青岛后，进入商务印书馆工作。在商务印书馆任职期间，他组织编写了新式教科书，又出版了严复、林纾等人翻译的大批外国文学名著，还主持影印了《四部丛刊》等大型系列丛书，对中国出版事业的发展做出了巨大的贡献。

中华民族的人格(自白)

孔圣人说:"志士仁人,无求生以害仁,有杀生以成仁。"孟夫子说:"富贵不能淫,贫贱不能移,威武不能屈,此之谓大丈夫。"这几句话,都是造成我中华民族的人格的名言。

我们良心上觉得应该做的,照着去做,这便是仁。为什么又会有求生害仁的人呢?为的是见了富贵,去营求它;处在贫贱,去避免它;遇着威武,去服从它;看得自己的身体越重,人们本来的良心,就不免渐渐地消亡。贪赃枉法,也不妨;犯上作乱,也不妨;甚至于通敌卖国,也可以掩住自己的良心做起来。只要抢得到富贵,免得掉贫贱,倘然再有些外来的威武,加在他身上,那更什么都可以不管了。

有了这等人,传染开去,不知不觉受他的引诱,这个民族,必定要堕落,在世界上是不容存在的啊!

我们古来的圣贤,都有很好的格言,指导我们,在书本上,也有不少的豪杰,可以做我们的模范。

我现在举出这十几位，并不是什么演义弹词里妆点出来的，都是出在最有名的人人必读的书本里。他们的境遇不同，地位不同，举动也不同，但是都能够表现出一种至高无上的人格。有的是为尽职，有的是为知耻，有的是为报恩，有的是为复仇，归根结果，都做到杀身成仁，孟夫子说是大丈夫，孔圣人说是志士仁人，一个个都毫无愧色。

这些人都生在二千多年以前，可见得我中华民族本来的人格，是很高尚的。只要谨守着我们先民的榜样，保全着我们固有的精神，我中华民族，不怕没有复兴的一日！

一九三七年五月

孙伏园 —— 20世纪著名的"副刊大王"

你以为的孙伏园：
- 严谨
- 率真
- 节制
- 乐观
- 和气
- 副刊大王
- 文字隽丽的散文家

实际上的孙伏园：
- 有才华
- 有傲骨
- 有朝气
- 催稿小能手
- 社交达人
- 浪漫的文人
- 旅行达人
- 知世故而不世故

孙伏园

孙伏园(1894—1966),原名福源,字养泉,笔名伏庐、柏生、桐柏、松年等,浙江绍兴人。现代散文作家、著名副刊编辑。

他曾两度成为鲁迅的学生。在北大期间,他加入新潮社,1919年,兼任北京《国民公报》副刊编辑。1921年,他在北京大学毕业后,又任北京《晨报》副刊编辑。其间,鲁迅的《阿Q正传》即在该报首次连续发表。此外,冰心的《寄小读者》、周作人的《自己的园地》均在《晨报》发表过。在其主持下,《晨报》副刊成为新文化运动的一处宣传阵地。

五四运动中的鲁迅先生

五月四日,我参加天安门大会以后,又参加了示威游行。游行完了,我便到南半截胡同找鲁迅先生去了,我并不知道后面还有"火烧赵家楼"的一幕。晚上回到宿舍,才知道今天这后一幕是轰轰烈烈的,而且有一大批同学被反动军警捕去了,运动这才开始呢。

鲁迅先生详细问我天安门大会场的情形,还详细问我游行时大街上的情形,他对于青年们的一举一动是无时无刻不关怀着的。一九一九年他并没有在大学兼任教课,到他那里走动的青年大抵是他旧日的学生。他并不只是关怀某些个别青年的一举一动,他所无时无刻不关怀着的是全体进步青年,大部分是他所不认识的,也是大部分不认识他的那些进步青年的一举一动。他怕青年上当,怕青年吃亏,怕青年不懂得反动势力的狡猾与凶残,因而敌不过反动势力。

鲁迅先生在《新青年》上发表文章,给予青年的印象是十分深刻的。青年们常常互相询问:"唐俟到底是谁呢?谁的文章有这样深刻呢?"陈独秀、胡适之写文章,主张用真名字,决不会再用笔名发表文章的。钱玄同、刘半农虽然都爱弄玄虚,但文章的格调都不象。于是在文科教授名单中,从本科找到预科,又在法科和理科的教授名单中去想,都没有一个相象的。有人说这一定是蔡元培的笔名,因为他身居校长地位,不便轻率发表文章,所以只好把真名隐去,但文章的格调也完全不象。

还有一个问题是"唐俟"和"鲁迅"会不会是一个人?唐俟大抵写论文、写新诗、写随感;鲁迅则写小说,也写随感,而两个人的用词造句和思想内容又很有相象之处,也许这两个人只是一个人的笔名吧?那么这一个人到底是谁呢?

这种问题在青年们的头脑中转动,足见这一个人的文字已经在青年的心理上起了共鸣,青年们已经接受了他的思想领导。我是早已知道这秘密的了,但我决不随便对人说。那时我是一个头脑简单的毫无革命经验的学生,决不会了解"保密"的意义有何等重大,也决不会了解一个革命的同志在敌人营垒里面工作又有何等重大的意义,只是直觉地知道万一传播开去一定要出岔子,所以最好不说。但我从青年同学的谈论中知道他们对于这位隐名的作家真是五体投地的佩服和信赖了。

在一九一九年五月四日以前,鲁迅先生在《新青年》上发表的文字一共有三十一篇,其中论文一篇、诗六篇、小说三篇、随感二十一篇。这些文字都是内容十分饱满,文笔十分精炼,革命性十分强烈,每一篇都在青年思想上发生影响的。随感二十一篇后来都收到《热风》中，小说三篇（《狂人日记》《孔乙己》《药》）收在《呐喊》中，诗六篇收在《集外集》中，论文一篇（《我之节烈观》）收在《坟》中，这些文字，反映了当时鲁迅先生的坚韧的斗争精神。鲁迅先生在《热风》的《题记》中讲到这几十篇随感时说："我在《新青年》的随感录中作些短评。还在这（指一九一九年五月四日北京学生对于山东问题的示威运动）前一年，因为所评论的多是小问题，所以无可道，原因也大都忘却了。但就现在的文字看起来，除几条泛论之外，有的是对于扶乩、静坐、打拳而发的；有的是对于所谓'保存国粹'而发的；有的是对于那时旧官僚的以经验自豪而发的；有的是对于上海《时报》的讽刺画而发的。"

等到后来，"唐俟即鲁迅""鲁迅即周树人"这两个秘密被发现，那时鲁迅先生已没有再行隐蔽的必要，索性从敌人的反动营垒中撤退，到南方做革命工作去了。但在五四运动前后，用唐俟和鲁迅两个笔名所发表的几十篇文字，在青年思想界所起的影响是深远而广大的。

读书与求学

四十岁以上的人，每把求学叫作读书；这读书，也就是四十岁以下的人所称的求学。（虽然四十岁只是一句含混话，并不极端附和钱玄同先生一过四十岁即须枪毙之说，但是到底隐隐约约有一条鸿沟，横在三五十岁中间的某一年或几年，也是不必讳言的事实。）

理由是：四十岁以上的人，一说到求学，即刻会引起他那囊萤映雪、窗下十年的读书生活，所以他以为书中自有黄金屋，书中自有颜如玉，读书以外无求学，要求学惟有读书。而四十岁以下的人，在他们年幼的时候，新教育已经发现了曙光，知道求学不必限于读书，于是轻轻易易地，把年长者认为读书这件事，用求学两个字来代替了。

拿小学校来讲，校内功课共有七八种，国文只占七八种中之一种；国文之中，造句也，缀字也，默写也，问答也，而读书又只占四五种中之一种。中学、大学也如此，有试验室，有运动场，有植物园，有音乐会，有各种交际，种种分子凑合而成为所谓求学，读书更是其中的小部分了。

有的前辈先生说：学生只准读书，不准做别的事。试设身处地一想，青年学子要不要怒发冲冠，直骂他为昏庸老朽！因为青年一听见他这句话，立刻就要想到："然则我们踢一脚球，走一趟校园，拿一支试验管也犯罪了，这还成什么世界！"其实呢，前辈先生口中的所谓读书，有一大部分也无非是求学，不过在他们壮年的时代，读书以外的求学确是少有罢了。

这两个字的关系并不很小。因为专心读书，第一，得不到活的知识。凡书上所有，虽假也以为真，反之则虽真也以为假，这是读死书的先生们的普通毛病。第二，身体一定不能健康。所谓求学，是游戏与工作间隔着做的。在游戏的时候，虽然似把所学渐渐地忘去，其实则是渐渐地刻深，凡是学习以后继以游戏的，则其所学必能格外纯熟。因所学纯熟而得到精神上的慰安，因精神上的慰安又影响于身体上的健康。所以专心读书的人决不会有健康的身体的。第三，专心读书的人一定不能在团体中生活。

这第三层最重要，学生到学校里去，不是去读书的，是去求学的，换句话说，就是去学做人的。人是社会的动物，学做人便是学习社会的生活，就是团体的生活。团体生活的要素，如秩序，如提案，如监察等等，都是非常切要的学问。团体生活要保持平安，第一须遵守秩序。章程法律虽然都是纸片，但潜伏着有莫大的势力，这势力本是团体中的各分子所给与[1]的，

---

[1] 给与：同"给予"。

却依然管束着团体中的各分子。所以各分子如果有扰乱团体安宁的事实，团体一定会有制止的实权，使秩序永远保持。但是各分子中如有真正不满意于团体进行的方向而想设法改良的，也不是没有方法，这方法就是提案。提案希望大多数的通过，所以有宣传，有各种运动，使大多数人对于现状感着不满，而对于新提案表示同情，于是而有不发一兵一卒而得着的人群的进步。这就是提案的功效。提案既经通过而尚有不奉行的，乃至被发现有违反议决案[①]的行动的，于是有团体中的任何分子负着监察的责任。这种事例，讲起来非常简单，但孔孟之书里是不载的，前几年的教科书里也未必载，一直要到最近的三民教科书里也许会有。但是有什么相干呢？这全在于实地的练习。如果在学校生活时深知球场规则的，出来决不会在各种会场里捣乱，也不至于因一时的私利而起干戈的冲突。十几年来，中华民国的扰攘不出二途，即文人争国会，武人抢地盘是。从前在北京时，朋友间闲扯淡，有人研究这现象的原因在什么地方。我毫不迟疑地答复他，说这是因为国会议员与督军们都没有踢过球的缘故。这句话是顽皮的，意思却是庄重的。那时候的国会议员与督军们，都是旧教育制度下出身，的确一辈子只把读书当作求学，没有受过一毫好好的游戏教育、运动教育和团体生活的教育。

  于今十余年了，情形还是没有十分大变。这次中央全体会

[①] 议决案：指经会议正式讨论通过并形成书面文字记录在案的事项。

议如果开得成,那自然是一天大喜;万一开不成,如果有人来问我,我还是毫不客气地答复他,这是因为中央委员都没有踢过球的缘故。

叫人读书的人现在还是遍地皆是呵!

书是前人经验的账簿,查阅起来当然可以得到许多东西的,但是前人有的爱上账,有的爱把账目记在肚角里,死的时候替他殉了葬。即使前人经验全在书里面,他的一点也只是浅陋的,我们要依着他走过的途径,在实验室里,在运动场里,在博物园里,在实际社会里,一步一步地向前进行。

研求呀,向着学问的大海!书籍只是海边上的一只破船,对于你的造船也许是有参考的用处的,但你却莫规行矩步地照着它仿造,因为这只是前人失败的陈迹,你再也没有模仿的必要了。

再过五十年,我相信,即使是白发老翁,也只有劝人好学,万不会再有人劝人读书了罢。

你以为的辜鸿铭

- 恃才傲物
- 北大怪杰
- 腐儒
- 国学泰斗
- 出类拔萃
- 桀骜不驯

辜鸿铭：捍卫中国文化的传奇人物

实际上的辜鸿铭

- 讲气节
- 怪诞
- 中国传统文化的宣传员
- 狂儒
- 传统文化的捍卫者
- 叛逆
- 清高
- 真性情
- 有原则

辜鸿铭

辜鸿铭（1857—1928），本名汤生，字鸿铭，号立诚，自称慵人、东西南北人。他是我国著名的学者、翻译家。他学贯中西，被人称为"清末怪杰"。

他是第一位致力于向西方介绍中国典籍、中国精神的人，且产生了重要影响。他一生著述颇丰，代表作品有：英译《论语》《中庸》《大学》，英文专著《中国人的精神》《中国的牛津运动》等。

辜鸿铭讲论语（节选）

子曰："道千乘之国，敬事而信，节用而爱人，使民以时。"

辜译

Confucius remarked, "When directing the affairs of a great nation, a man must be serious in attention to business and faithful and punctual in his engagements. He must study economy in the public expenditure, and love the welfare of the people. He must employ the people at the proper time of the year."

孔子说："治理一个大国，必须要严肃认真地处理国家的各项重大事务，忠诚守信；节约财政开支，爱护臣僚百姓，差遣百姓的时候不要耽误农时。"

辜解

孔子曰："道千乘之国，敬事而信，节用而爱人，使民以时。"朱子解"敬事而信"曰："敬其事而信于民。"余谓"信"当作"有恒"解。如唐诗"早知潮有信，嫁于弄潮儿。"犹忆昔年徐致祥劾张文襄，折内有参其"起居无节"一款，后经李瀚章覆奏曰："张之洞治簿书至深夜，问有是事。"然誉之者曰："夙夜在公。"非之者曰："起居无节。"按：夙夜在公，则敬事也；起居无节，则无信也。敬事如无信，则百事俱废，徒劳而无功。西人治国行政，所以能百废俱举者，盖仅得《论语》"敬事而信"一语。昔宋赵普谓："半部《论语》可治天下。"余谓："此半章《论语》亦可以振兴中国。"今日中国官场上下果能敬事而信，则州县官不致于三百六十日中有三百日皆在官厅上过日子矣。又忆刘忠诚薨，张文襄调署两江，当时因节省经费，令在署幕僚皆自备伙食，幕属苦之，有怨言。适是年会试题为"道千乘"一章，余因戏谓同僚曰："我大帅可谓敬事而无信，节用而不爱人，使民无时。人谓我大帅学问贯古今，余谓我大帅学问即一章《论语》，亦仅通得一半耳。"闻者莫不捧腹。

辜解译文

孔子说:"治理一个大国,要敬事守信,节约开支,爱护百姓,役使百姓要避开农时。"朱子(朱熹)是这样解释"敬事而信"的:"严肃认真地对待本职工作,然后取信于民。"我认为"信"字应当解释为"有恒"。就如同那两句唐诗"早知潮有信,嫁与弄潮儿"中"信"的意思一样。我曾想起早年徐致祥在弹劾张文襄(张之洞)的折子中有一条是参他"起居无节",后来经李瀚章之手再次参奏说:"张之洞经常看文书簿册到深夜。"称誉张之洞的人,说他"从早到晚,都勤于公务"。诋毁张之洞的人,说他"工作休息没有节制"。按理说,从早到晚,都勤于公务,这是"敬事"的表现;工作休息没有节制,这是"无信"的表现。若是一个人只知道"敬事"却"无信",那么什么事情都会荒废,徒劳无功。

西方人治理国家,之所以能够百废俱兴,大概就是仅仅从《论语》中学到"敬事而信"这一条准则。往昔北宋的赵普曾说:"半部《论语》可以治理天下。"我说:"《论语》中的这半条也可以振兴中国。"如今中国的官场上,如果上下一心,都能做到敬事而信,那么州县长官也不至于一年三百六十天有三百天都坐在官衙里熬日子了。

我又想起忠诚公刘坤一薨逝后,张文襄调任两江总督,当时因为要节省经费,于是他责令官署中的幕僚都要自备伙食,这让下属们有苦难言,之后便对他有了怨言。恰逢这年会试的题目是《论语》中的"道千乘"这一章,我就和同僚们戏谑道:"我们的张大帅真可谓敬慎处事却没有信用,节省开支却不爱护属下,役使百姓却没考虑到农时。人人都说我们的张大帅学问渊博,贯通古今,我却认为张大帅的学问就连《论语》中的这一章,也只是通晓了一半。"听到的人无不捧腹大笑。

你以为的张伯苓

- 南开之父
- 中国奥运第一人
- 勤勤恳恳
- 脚踏实地
- 高风亮节的教育家
- 中国的脊梁

张伯苓

中国现代教育的一位创造者

实际上的张伯苓

- 不悲观
- 不忘初心
- 不绝望
- 教育救国的践行者
- 『化缘和尚』

张伯苓

张伯苓（1876—1951），原名寿春，字伯苓，天津人。他是我国近代著名的爱国教育家，也是南开大学的创办人之一，还是西方戏剧以及奥运会的最早倡导者，被誉为"中国奥运第一人"。

张伯苓早年曾在天津北洋水师学堂学习航海和驾驶，后又进入美国哥伦比亚大学研究教育，他曾受教于美国教育家和哲学家杜威、教育心理学家桑代克等人。

以社会之进步为教育之目的

开学之始,曾以活、动、长、进四字相勉。而今合起来论此四字,不过单就个人的长进而言。

夫教育目的,不能仅在个人。当日多在造成个人为圣为贤,而今教育之最要目的,在谋全社会的进步。

诸生当听过进化诸说。下等动物长为高等动物,高等动物进而为人。人再长又分为二项:一为心理的长进(Psychologically),一为社会的或合群的长进(Sociologically)。

人同人组合起来,其效用能力之大,自非一人可比。现在世界何国最强?其原因何在?一至其国,便可了然。其最大的原因就是比我们齐,亦如一家哥们兄弟均不相下。若一家只仗一人,则相差太多。社会国家同是一理。所以,近来教育家不仅注重个人长进,并注重社会的长进。Social end 不仅在心理的长进,而在多数人的齐进。因为社会乃个人联合而成者,若社会不进，则居此间之个人亦绝难长进。是以个人强，可以助社会长；社会长，亦可以助个人强。是二者当相提并论，不容偏重者。

现在西洋人对于教育青年，均使之有一种社会的自觉心（Social consciousness），而吾国多数人尚未脱家族观念，遇公共事则淡然视之。予前去北京，于车中见有以免票私相售受者，何其不知公共心一至于是耶？彼以铁路为公家者，但能自己得利，则虽损坏公共利益，亦无所顾忌，而旁坐诸人，亦以此非自己之事，故不过问，亦不关心，若此情形，实为社会流毒（Social evils）。细考京奉、津浦各路间，此类事殊不少见，似此流毒究竟责在谁人？吾以为虽有强政府、有能力之总统，严厉之法律，有组织之路局，亦不能铲除净尽也！惟有国民社会的自觉心可制此毒。舆论力攻，众目不容，以此对于公共事业之非理举动，即对吾等个个人之举动，有伤于吾个个之权利，则若斯流毒，无待总统法律，自然消灭于无形。国民社会自觉心，诚有不可及之效力。

在京见美国公使，谓国人近来能得钱者，发财后多退入租界，是诚可耻之事，而舆论亦不攻击，甚有争相仿效，以不及为可辱者，真是怪事。而予窃不以为怪，因其所以如是者无他，国民的社会自觉心（Social consciousness）未长起来耳。

今者时间有限，姑不多论。即就所以长进社会自觉心，而能谋全社会进步的方法上着想，则须于改换普通道德标准上有所商榷。

若不骂人、不偷、不怒、不谎、不得罪于人等事，先时多谓此为道德很高，然而此为消极的，于今不能谓此为道德。盖彼者，不过无疵而已，于社会虽有若无。今因于社会进步上着想，吾等当另定道德标准，谓："凡人能于社会公共事业，尽力愈大者，其道德愈高。否则，无道德可言。易言之，即凡于社会上有效劳之能力者（Social effeciency）则有道德。否则无道德。"若斯数语，包含无限道理。愿诸生用为量人量己之尺，相染成风，使社会上渐渐均用此尺，度己亦用此尺，量入则去，所谓社会自觉心、社会进步者不远矣。

然而徒知此理，于社会毫无所用。先时教育多尚空谈，殊觉无用，若无实习，恐且有害。美国某教育博士曾谈笑话，谓有函授学堂教人泅泳，学者毕业后投身水中，实行泅泳，竟至溺死。此喻仅知理论而无实验之害，诚足警人。诸生欲按此尺而为道德高尚之人，幸勿仅求理论，更当于己身所在之社会，实在有所效用。于此先小作练习，至大社会时，自然游刃有余。所谓己身所在之社会，对诸生言，如班、如会、如校、如各种组织均是。予此二次所言者，即教育着重个人的长进，更须着重社会的进步。

原载《校风》第117期，1919年3月18日

奋斗即是生活的方法

近几个月以来,我对于公众聚会,可以辞脱的总辞脱。因为我连月来都在解决零星片段的问题,心思也就不能联络一贯,说出话来恐怕也没甚意义,所以我不愿参加聚会演说。但有几次不能辞脱,不可不去说几句话的。如同在津的出校同学上次在国民饭店春宴,到的人数很多,主席马千里先生要我演讲,我就用了十分钟的工夫,谈了一会话;春假的时候,北京的南开同学会在京会宴,主席也叫我作了十五分钟的谈话。这两次的谈话,意旨都是一样的,不过字句间有不同。这两次谈话时间都很短,不能畅所欲言。我本想用几天的工夫,将那番谈话的意旨演绎出来,和你们谈谈;但这几天我仍然在解决着片段的问题,直到今天早晨,才抽暇想了一想,现在就和你们说。

我谈话意旨的大概是奋斗即是快乐,或者说奋斗即是生活的方法。当时在座的出校同学,都是已经脱离学校,在社会上寻生活的。他们既然在各界任事,顺逆也有不同,但是,假若一遇到逆意困难的事就精神颓丧,不高兴,那么,作事的能力也就一天一天减少,生活还有什么趣味?所以我对他们说:"处世要有奋斗精神,要抱乐观态度。失败了,再继续着奋斗。我们并不是决一死战,一次失败,就永远失败了,没有进取的机会。我们应当仍然向前干去,努力,奋斗。即使偶尔侥幸胜了,也不要以此自骄自满,仍然本着奋斗的精神,向前途努力。但是还有一样很紧要的,就是抱乐观态度,不要对于生活和环境发生厌倦。比如你家庭中天天见面的陈设,年年如此,丝毫不改,久后就怕生厌了;那么你何不将陈设的地位改换一下,或者加些油漆,不也就焕然一新了么。讲个笑话吧,诸位结婚都已多年了,假如对于诸位的夫人感着太熟习,太平凡了,那么,何不给她做件新的衣服穿穿,不也就换了个样儿么。人的生活能够永新,他的精神也就永新,而他对于奋斗,也就自然感着兴趣了。"

我这番话,你们也许不懂,这因为你们还年青,还没有经验。在京的出校同学,大多都是四十岁内外了,他们踏进社会已有十几二十年,并且现在都有职业,也经过些艰难困苦,我看他们都能了解我的意旨。他们在校的时候,我也曾和你们现在谈话一样和他们谈话,这次不过是在他们在人生的旅程的中途,我再提醒他们一句罢了。你们将来也是要走向人生的大道上去的,那么我何不现在就告诉你们,保持着你们的生活,使它永新;保持着你们的精神,使它永新;本着这个永新的精神,来应付这人生一切的问题呢。

我总以为，世界上的一切是人造的。我们的生活是创造的生活。我们应该本着奋斗的精神，创造一切，解决一切。能够如此，你才能对于生活发生兴味。否则虽然你年龄幼稚，而你的精神却已衰老了。我们更不应该对于现在感着满足，因为我们生活的目的是奋斗，不是成功；是长进，不是满足。我们能说，我们只要长进到某一地位，奋斗到某一步骤就行吗？我小时候曾见一富家子弟，那时他已二十多岁了，染了吸鸦片的嗜好，每天睡到下午五时才起身，冬天披了重裘还嫌冷。这种生活岂不是受罪吗？那来的快乐？我那时批评他是没福享受。现在看来，原是他自己不能奋斗。而考察他不能奋斗的原因，却是他家富有，他对于当时的生活已感着满足，不想再上进。如此看来，多财的确是消磨青年人志气的大原因。青年志气一消磨，对于生活觉不出兴趣，事事都觉着呆板、单调，对于年年的花发、旦夕的风雨，都怀着厌倦，那生活着又有什么意义呢？倒不如自杀了。其实，生活是那么无意义吗？是那么困难而枯燥吗？那却不然，只是他自己的没有志气，精神颓丧罢了。

那么，怎么可以使我们感着生活的兴趣呢？唯一的答案，就是奋斗！我们须放大眼光，勿对于一己的利害患得患失。我们应做有益于群众的事业。侥幸胜了，不足为喜，因为我们的目的只在一辈子的奋斗，而不在一时的胜利。假如败了，也不要失望，因为失望能使你精神颓丧，减少你奋进的勇气。有人批评我是苦命的牛，要拖一辈子的车。不错，让我拖一辈子的车，这就是我的希望，这就是我生活的目的。

近百年来，科学发达，知道人类是逐渐演进的。那么，我们的生活，当然要永远向前进步。我们应该认定：不断地长进，是我们生活的目的；永远地奋斗，是我们生活的方法。我们绝对不能故步自封，安于现状。我们须本着奋斗的精神，采取乐观的态度，从事于我们的创造的生活。

《南开周刊》第121期，1925年5月4日
张伯苓在南开学校高中集会上的演讲
由张志基追记

陶行知

伟大的人民教育家

你以为的陶行知：
- 万世师表
- 有创造力的教育家
- 教育旗手
- 品格高洁
- 公私分明
- 学识渊博

实际上的陶行知：
- 知行合一的践行者
- 时代的楷模
- 勇敢的反法西斯斗士
- 民主运动的巨星
- 忠诚不渝
- 风趣幽默
- 赤子之心
- 纯粹

陶行知

　　陶行知（1891—1946），安徽省歙县人。他是我国近代著名的教育家、思想家，也是一位伟大的民主主义战士，还是一位具有赤子之心的反法西斯斗士。

　　他在金陵大学毕业后便赴美留学，后转入哥伦比亚大学研究教育。他崇尚科教兴国的教育思想，回国后，根据所学的教育理念，结合当时的国情，大胆推动教育改革工作。他重视农村教育，大力推行平民教育，创办学校。

学生的精神

知行此次因全国教育联合会事来湘,今天得与诸君见面,这是很愉快的。知行是世界的学生,诸君是学校的学生,今天是以学生资格,对诸君谈话。有些议论,也许诸君是不愿听的。但是"忠言逆耳利于行",诸君或者能够原谅。

我现在要讲的题目,就是《学生的精神》。在我未说这题目之先,有点意思对诸君说一说:现在中国许多学生及一般教员,有一个很大的通病,就是容易"自满"。不论研究何种学科,只有相当的了解,即扬扬自得、心满意足。尤其是在过教员生活的,觉得自己处在教师地位,不必再去用功研究了。中国"四书"上有两句话说:"学而不厌,诲人不倦。"这真是千古不灭的格言,并且是两句不能分开的话。因为要"学而不厌",才能够做到"诲人不倦"。例如我们来教一班小学生,倘若自己全不加以研究,只照着别人编的书本,自己抄的老笔记,依样画葫芦的教去,当学生的,固然不能受多大的益,当教师的,也觉得不胜其繁,没有多大的趣味。如是的粉笔生涯，不能不厌烦了。倘若当教师的，自己天天去研究，有所得的，即随时输之于学生，如此则学生受益较多，即当教师者，也觉得有无穷的乐趣。所以学生求学，固然要"学而不厌"，就是当了教员，还是要继续的"学而不厌"。这可说是我现在要讲的"学生精神"的先决问题。

现在开始来讲《学生的精神》了。学生精神，大约分之为三点：

（一）学生求学须具有科学的精神。我们不论研究什么学科，总要看一个明白，想一个透彻，多发些疑问，切不可武断盲从。例如别人要我们信仰国家主义，我们必须明了国家主义的内容是否合于现代社会，才定信仰不信仰的方针。其他，社会主义亦然，无政府主义亦然……尤其我们研究科学之时，碰到一个问题来了，"知之则知之，不知则不知。"因为我们自己知道自己不知的地方，那还有能够知道的一日；倘若不知的而认以为知，那么，不知道的终究没有知道的日子了；还可说是自己斩断自己求学的机能。所以我们学生求学，第一步就要有科学的精神。

（二）要改造社会必具有委婉的精神。我们在任何环境里面做事，不可过于急进。譬如园丁栽花木，倘只执一镰斧，乱砍荆棘，我相信花木，亦必随之而受伤。务须从旁着想，怎样才能使荆棘去掉，那么，非用委婉的功夫不可。改造社会，也是一样。尤其是我们学生，因为是领导民众的中坚分子，倘用乱刀斩麻的手段，必引起一般民众起畏惧之心，怎样还讲得社会改造？所以我们要社会改造，也需要用委婉的精神，走到民众前头,慢慢地领他们向前走,并且还要告示他们向前走的方法。如此才有社会改造的希望。不然,任你如何轰轰烈烈倡社会改造,社会还是不能改造的。

（三）应付环境必具有坚强人格和百折不回的精神。我们处在任何环境里面,必抱有坚强人格,不可自由摇动,尤其到了利害生死关头之时,必富有"富贵不能淫,贫贱不能移,威武不能屈"的气概。这才算得一个真正的大丈夫,真正的国民。现在中国一班学生——其实不仅是学生——在普通情形的时候,各人的性格,好像没有多大的区别。但到危急存亡利害相冲的关头,就看得清清楚楚,各人露出自己的本来面目。中国民众的不能团结,这就是一个很大的原因。所以我们处在任何的环境里面,坚强不动摇的人格及不屈不挠的精神,决不能少的,尤其在我们学生时代。我现在要举一段历史例子给诸君听,就是明朝的方孝孺先生,当燕王棣篡位之时,使他草"即位诏",他大书"燕王篡位"四字,因此被夷十族。当燕王篡位之时,势力胜过现在的任何军阀,但不能压迫方先生一笔锥。可见方先生的人格及不怕死的精神,真令人钦佩而尊敬,亦可证明读书人不可忘掉气节。

学生的精神,大概分为上列三点。我觉得在今日的学生中,亟宜注意的。因时间仓卒,说得不周到处,请诸君原谅!

原载 1925 年 12 月 1 日《民国日报》

学做一个人

我要讲的题目是:《学做一个人》。要做一个整个的人,别做一个不完全、命分式的人。中国虽然有四万万人,试问有几个是整个的人?诸君试想一想:"我自己是不是一个整个的人?"

《抱朴子》上有几句话:"全生为上;亏生次之;死又次之;不生为下。"

但是何种人算不是整个的人呢?依我看来,约有五种:

(一)残废的——他的身体有了缺欠,他当然不能算是整个的人。

(二)依靠他人的——他的生活不是独立的;他的生活只能算是他人生活的一部分。

(三)为他人当做工具用的——这种人的性命,为他人所支配,没有自己独立的人格。

(四)被他人买卖的——被贩卖人口者所贩卖的人,就是猪仔；或是受金钱的贿赂，卖身的议员，就是代表者。

（五）一身兼管数事的——人的一分精神，只能专做一件事业，一个人兼了十几个差使，精神难以兼顾，他的事业即难以成功，结果是只拿钱不做事。

我希望诸君至少要做一个人；至多也只做一个人，一个整个的人。做一个整个的人，有三种要素：

（一）要有健康的身体——身体好，我们可以在物质的环境里站个稳固。诸君，要做一个八十岁的青年，可以担负很重的责任，别做一个十八岁的老翁。

（二）要有独立的思想——要能虚心，要思想透彻，有判断是非的能力。

（三）要有独立的职业——要有独立的职业，为的是要生利。生利的人，自然可以得到社会的报酬。

我觉得中学生有一个大问题，即是"择业问题"。我以为择业时要根据个人的才干和兴趣。做事要有快乐，所以我们要根据个人的兴趣来择业。但是我们若要做事成功，我们必要有那样的才干。

我曾作了一首白话诗，说人要有独立的职业：

滴自己的汗；吃自己的饭。
自己的事，自己干。
靠人，靠天，靠祖先，都不算好汉。

现在我们专讲"学"和"做"二个字,要一面学,一面做。"学"和"做"要连起来。英语 Learn by doing,也就是这个意思。我们要应用学理来指导生活,同时再以生活来印证学理。

将来诸君有的升学,有的就职业,但是为学的方法全要研究。学农的人要有科学的脑筋和农夫的手;学工的人,也要有科学的脑筋和工人的手。这样他才可以学得好。

我希望到会的个人,是四万万人中的一个人。诸君还要时常想:

中国有几个整个的人?

我是不是一个整个的人?

原载 1926 年 2 月 28 日《生活周刊》第 1 卷第 19 期

教育的新生

宇宙是在动,世界是在动,人生是在动,教育怎能不动?并且是要动得不歇,一歇就灭!怎样动?向着那儿动?

我们要想寻得教育之动向,首先就要认识传统教育与生活教育之对立。一方面是生活教育向传统教育进攻;又一方面是传统教育向生活教育应战。在这空前的战场上徘徊的,缓冲的,时左时右的是改良教育。教育的动向就在这战场的前线上去找。

传统教育者是为教育而办教育,教育与生活分离。改良一下,我们就遇着"教育生活化"和"教育即生活"的口号。生活教育者承认"生活即教育"。好生活就是好教育,坏生活就是坏教育。前进的生活就是前进的教育,倒退的生活就是倒退的教育。生活里起了变化,才算是起了教育的变化。我们主张以生活改造生活,真正的教育作用是使生活与生活磨擦。

为教育而办教育,在组织方面便是为学校而办学校,学校与社会中间是造了一道高墙。改良者主张半开门,使"学校社会化"。他们把社会里的东西，拣选几样，缩小一下搬进学校里去，"学校即社会"就成了一句时髦的格言。这样，一只小鸟笼是扩大而成为兆丰花园里的大鸟笼。但它总归是一只鸟笼，不是鸟世界。生活教育者主张把墙拆去。我们承认"社会即学校"。这种学校是以青天为顶，大地为底，二十八宿为围墙，人人都是先生都是学生都是同学。不运用社会的力量，便是无能的教育；不了解社会的需求，便是盲目的教育。倘使我们认定社会就是一个伟大无比的学校，就会自然而然的去运用社会的力量，以应济社会的需求。

为学校而办学校，它的方法必是注重在教训。给教训的是先生，受教训的是学生。改良一下，便成为教学——教学生学。先生教而不做，学生学而不做，有何用处？于是"教学做合一"之理论乃应运而起。事该怎样做便该怎样学，该怎样学便该怎样教。教而不做，不能算是教；学而不做，不能算是学。教与学都以做为中心，在做上教的是先生，在做上学的是学生。

教训藏在书里，先生是教死书，死教书，教书死；学生是读死书，死读书，读书死。改良家觉得不对，提倡半工半读，做的工与读的书无关，又多了一个死：做死工，死做工，做工死。工学团乃被迫而兴。工是做工，学是科学，团是集团。它的目的是"工以养生""学以明生""团以保生"。团不是一个机关，是力之凝结，力之集中，力之组织，力之共同发挥。

教死书、读死书便不许发问，这时期是没有问题。改良派嫌它呆板，便有讨论问题之提议。课堂里，因为有了高谈阔论，觉得有些生气。但是坐而言不能起而行，有何益处？问题到了生活教育者的手里是必须解决了才放手。问题是在生活里发现，问题是在生活里研究，问题是在生活里解决。

没有问题是心力都不劳。书呆子不但不劳力而且不劳心。进一步是：教人劳心。改良的生产教育者是在提倡教少爷小姐生产，他们挂的招牌是教劳心者劳力。费了许多工具，玩了一会儿，得到一张文凭，少爷小姐们到底不去生产物品而去生产小孩。结果是加倍的消耗。生活教育者所主张的"在劳力上劳心"是要贯彻到底，不得中途而废。

心力都不劳，是必须接受现成知识方可。先在学校里把现成的知识装满了，才进到在社会里去行动。王阳明先生所说的"知是行之始，行是知之成"便是这种教育的写照。他说的"即知即行"和"知行合一"是代表进一步的思想。生活教育者根本推翻这个理论。我们所提出的是："行是知之始，知是行之成。"行动是老子，知识是儿子，创造是孙子。有行动之勇敢，才有真知的收获。

传授现成知识的结果是法古，黄金时代在已往。进一步是复兴的信念，可是要"复"则不能"兴"；要"兴"则不可"复"。比如地球运行是永远的前进，没有回头的可能。人只见春夏秋冬，周而复始，不知道它是跟着太阳以很大的速率向织女星飞跑，今年地球所走的路绝不是它去年所走的路。我们只能向前开辟创造，没有什么可复。时代的车轮是在我们手里，黄金时代是在前面，是在未来。努力创造啊！

现成的知识在最初是传家宝，连对女儿都要守秘密。后来，普通的知识是当作商品卖。有钱、有闲、有脸的乃能得到这知识。那有特殊利害的知识仍为有权者所独占。生活教育者就要打破这知识的私有，"天下为公"是要建筑在普及教育上。

知识既是传家宝，最初得到这些宝贝的必是世家，必是士大夫。所以士之子常为士，士之子问了一问为农的道理便被骂为小人。在这种情形之下，教育只是为少数人所享受。改良者不满意，要把教育献给平民，便从士大夫的观点干起多数人的教育。近年来所举办的平民教育、民众教育，很少能跳出这个圈套。生活教育者是要教大众依着大众自己的志愿去干，不给知识分子玩把戏。真正觉悟的知识分子也不应该再要这套猴子戏，教大众联合起来自己干，才是真正的大众教育。

知识既是传家宝，那么最初传这法宝的必是长辈。大人教小人是天经地义。后来大孩子做了先生的助手，班长、导生都是大孩教小孩的例子。但小先生一出来，这些都天翻地覆了。我们亲眼看见：小孩不但教小孩，而且教大孩，教青年，教老人，教一切知识落伍的前辈。教小孩联合大众起来自己干，才是真正的儿童教育。小先生能解决普及女子初步教育的困难。小先生能叫中华民族返老还童。小先生实行"即知即传人"是粉碎了知识私有，以树起"天下为公"万古不拔的基础。

原载1934年《新生》第1卷第36期

方志敏 — 以身殉志的人民英雄

你以为的方志敏：
- 伟大的共产主义战士
- 杰出的农民运动领袖
- 坚贞不屈
- 大义凛然
- 清正廉洁
- 一身正气

实际上的方志敏：
- 民族英雄
- 调查研究的杰出实践者
- 乐于清贫
- 公私分明
- 有才华
- 有勇气
- 有志气

方志敏

方志敏（1899—1935），原名远镇，号慧生，江西弋阳人。无产阶级革命家，农民运动领袖。

青年时期曾积极参加五四运动，1922年，方志敏加入中国社会主义青年团，后又加入中国共产党。代表作品有《可爱的中国》《清贫》《狱中纪实》等。

可爱的中国（节选）

这是一间囚室。

这间囚室，四壁都用白纸裱糊过，虽过时已久，裱纸变了黯黄色，有几处漏雨的地方，并起了大块的黑色斑点；但有日光照射进来，或是强光的电灯亮了，这室内仍显得洁白耀目。对天空开了两道玻璃窗，光线空气都不算坏。对准窗子，在室中靠石壁放着一张黑漆色长方书桌，桌上摆了几本厚书和墨盒茶盅。桌边放着一把锯短了脚的矮竹椅；接着竹椅背后，就是一张铁床；床上铺着灰色军毯，一床粗布棉被，折叠了三层，整齐的摆在床的里沿。在这室的里面一角，有一只未漆的未盖的白木箱摆着，木箱里另有一只马桶躲藏在里面，日夜张开着口，承受这室内囚人每日排泄下来的秽物。在白木箱前面的靠壁处，放着一只蓝磁[①]的痰盂，它像与马桶比赛似的，也是日

---

① 磁：旧同"瓷"。

夜张开着口,承受室内囚人吐出来的痰涕与丢下去的橘皮蔗渣和纸屑。骤然跑进这间房来,若不是看到那只刺目的很不雅观的白方木箱,以及坐在桌边那个钉着铁镣一望而知为囚人的祥松①,或者你会认为这不是一间囚室,而是一间书室了。

的确,这是关在这室内的祥松,也认为比他十年前在省城读书时所住的学舍的房间要好一些。

这是看守所优待号的一间房。这看守所分为两部,一部是优待号,一部是普通号。优待号是优待那些在政治上有地位或是有资产的人们。他们因各种原因,犯了各种的罪,也要受到法律上的处罚;而他们平日过的生活以及他们的身体,都是不能耐住那普通号一样的待遇;把他们也关到普通号里去,不要一天两天,说不定都要生病或生病而死,那是万要不得之事。故特辟优待号让他们住着,无非是期望着他们趁早悔改的意思。所以与其说优待号是监狱,或者不如说是休养所较为恰切些,不过是不能自由出入罢了。比较那潮湿污秽的普通号来,那是大大的不同。在普通号吃苦生病的囚人,突然看到优待号的清洁宽敞,心里总不免要发生一个是天堂,一个是地狱之感。

因为祥松是一个重要的政治犯,官厅为着要迅速改变他原来的主义信仰,才将他从普通号搬到优待号来。

祥松前在普通号,有三个同伴同住,谈谈讲讲,也颇觉容易过日。现在是孤零一人,镇日②坐在这囚室内,未免深感寂

---

① 祥松:即方志敏。
② 镇日:整天。

寞了。他不会抽烟，也不会喝酒，想藉烟来散闷，酒来解愁，也是做不到的。而能使他忘怀一切的，只有读书。他从同号的难友处借了不少的书来，他原是爱读书的人，一有足够的书给他读读看看，就是他脚上钉着的十斤重的铁镣也不觉得它怎样沉重压脚了。尤其在现在，书好像是医生手里止痛的吗啡针，他一看起书来，看到津津有味处，把他精神上的愁闷与肉体上的苦痛，都麻痹地忘却了。

到底他的脑力有限，接连看了几个钟头的书，头就会一阵一阵的胀痛起来，他将一双肘节放在桌上，用两掌抱住胀痛的头，还是照旧看下去，一面咬紧牙关自语："尽你痛！痛！再痛！脑溢血，晕死去罢！"直到脑痛十分厉害，不能再耐的时候，他才丢下书本，在桌边站立起来。或是向铁床上一倒，四肢摊开伸直，闭上眼睛养养神；或是在室内从里面走到外面，又从外面走到里面的踱着步；再或者站在窗口望着窗外那么一小块沉闷的雨天出神；也顺便望望围墙外那株一半枯枝，一半绿叶的柳树。他一看到那一簇浓绿的柳叶，他就猜想出遍大地的树木，大概都在和暖的春风吹嘘中，长出艳绿的嫩叶来了——他从这里似乎得到一点儿春意。

他每天都是这般不变样地生活着。

今天在换班的看守兵推开门来望望他——换班交代最重要的一个囚人——的时候，却看到祥松没有看书，也没有踱步，他坐在桌边，用左手撑住头，右手执着笔在纸上边写边想。祥松今天似乎有点什么感触，要把它写出来。他在写些什么呢？

223

啊！他在写着一封给朋友们的信。

亲爱的朋友们：

我终于被俘入狱了。

关于我被俘入狱的情形，你们在报纸上可以看到，知道大概，我不必说了。我在被俘以后，经过绳子的绑缚，经过钉上粗重的脚镣，经过无数次的拍照，经过装甲车的押解，经过几次群众会上活的示众，以至关入笼子里，这些都像放映电影一般，一幕一幕的过去！我不愿再去回忆那些过去了的事情，回忆，只能增加我不堪的羞愧和苦恼！我也不愿将我在狱中的生活告诉你们。朋友，无论谁入了狱，都得感到愁苦和屈辱，我当然更甚，所以不能告诉你们一点什么好的新闻。我今天想告诉你们的却是另外一个比较紧要的问题，即是关于爱护中国，拯救中国的问题，你们或者高兴听一听我讲这个问题罢。

我自入狱后，有许多人来看我；他们为什么来看我，大概是怀着到动物园里去看一只新奇的动物一样的好奇心罢？他们背后怎样评论我，我不能知道，而且也不必一定要知道。就他们当面对我讲的话，他们都承认我是一个革命者；不过他们认为我只顾到工农阶级的利益，忽视了民族的利益，好像我并不是热心爱中国爱民族的人。朋友，这是真实的话吗？工农阶级的利益，会是与民族的利益冲突吗？不，绝不是的，真正为工农阶级谋解放的人，才正是为民族谋解放的人，说我不爱中国不爱民族，那简直是对我一个天大的冤枉了。

我很小的时候,在乡村私塾中读书,无知无识,不知道什么是帝国主义,也不知道帝国主义如何侵略中国,自然,不知道爱国为何事。以后进了高等小学读书,知识渐开,渐渐懂得爱护中国的道理。一九一八年爱国运动波及到我们高小时,我们学生也开起大会来了。

在会场中,我们几百个小学生,都怀着一肚子的愤恨,一方面痛恨日本帝国主义无餍的侵略,另一方面更痛恨曹、章等卖国贼的狗肺狼心!就是那些年青的教师们(年老的教师们,对于爱国运动,表示不甚关心的样子),也和学生一样,十分激愤。宣布开会之后,一个青年教师跑上讲堂,将日本帝国主义提出的灭亡中国的廿一条,一条一条地边念边讲。他的声音由低而高,渐渐地吼叫起来,脸色涨红,渐而发青,颈子胀大得像要爆炸的样子,满头的汗珠子,满嘴唇的白沫,拳头在讲桌上捶得嘭嘭响。听讲的我们,在这位教师如此激昂慷慨的鼓动之下,哪一个不是鼓起嘴巴,睁大着眼睛——每对透亮的小眼睛,都是红红的像要冒出火来;有几个学生竟流泪哭起来了。朋友,确实的,在这个时候,如果真有一个日本强盗或是曹、章等卖国贼的哪一个站在我们的面前,那怕不会被我们一下打成肉饼!会中,通过抵制日货,先要将各人身边的日货销毁去,再进行检查商店的日货,并出发对民众讲演,唤起他们来爱国。会散之后,各寝室内扯抽屉声,开箱筐声,响得很热闹,大家都在急忙忙地清查日货呢。

"这是日货,打了去!"一个玻璃瓶的日本牙粉扔出来了,扔在阶石上，立即打碎了，淡红色的牙粉，飞洒满地。

"这也是日货，踩了去！"一只日货的洋磁脸盆，被一个学生倒仆在地上，猛地几脚踩凹下去，磁片一片片地剥落下来，一脚踢出，磁盆就像含冤无诉地滚到墙角里去了。

"你们大家看看，这床席子大概不是日本货吧？"一个学生双手捧着一床东洋席子，表现很不能舍去的样子。

大家走上去一看，看见席头上印了"日本制造"四个字，立刻同声叫起来：

"你的眼睛瞎了，不认得字？你舍不得这床席子，想做亡国奴？！"不由分说，大家伸出手来一撕，那床东洋席，就被撕成碎条了。

我本是一个苦学生，从乡间跑到城市里来读书，所带的铺盖用品都是土里土气的，好不容易弄到几个钱来，买了日本牙刷，金刚石牙粉，东洋脸盆，并也有一床东洋席子。我明知销毁这些东西，以后就难得钱再买，但我为爱国心所激动，也就毫无顾惜地销毁了。我并向同学们宣言，以后生病，就是会病死了，也决不买日本的仁丹和清快丸。

从此以后，在我幼稚的脑筋中，做了不少的可笑的幻梦；我想在高小毕业后，即去投考陆军学校，以后一级一级的升上去，带几千兵或几万兵，打到日本去，踏平三岛！我又想，在高小毕业后，就去从事实业，苦做苦积，那怕不会积到几百万几千万的家私，一齐拿出来，练海陆军，去打东洋。读西洋史，一心想做拿破仑；读中国史，一心又想做岳武穆。这些混杂不清的思想，现在讲出来，是会惹人笑痛肚皮！但在当时我却认为这些思想是了不起的真理，愈想愈觉得津津有味，有时竟想到几夜失眠。

一个青年学生的爱国，真有如一个青年姑娘初恋时那样的真纯入迷。

朋友，你们知道吗？我在高小毕业后，既未去投考陆军学校，也未从事什么实业，我却到 N 城①来读书了。N 城到底是省城，比县城大不相同。在 N 城，我看到了许多洋人，遇到了许多难堪的事情，我讲一两件给你们听，可以吗？

只要你到街上去走一转，你就可以碰着几个洋人。当然我们并不是排外主义者，洋人之中，有不少有学问有道德的人，他们同情于中国民族的解放运动，反对帝国主义对中国的压迫和侵略，他们是我们的朋友。只是那些到中国来赚钱，来享福，来散播精神的鸦片——传教的洋人，却是有十分的可恶的。他们自认为文明人，认我们为野蛮人，他们是优种，我们却是劣种；他们昂头阔步，带着一种藐视中国人、不屑与中国人为伍的神气，总引起我心里的愤愤不平。我常想："中国人真是一个劣等民族吗？真该受他们的藐视吗？我不服的，决不服的。"

有一天，我在街上低头走着，忽听得"站开！站开！"的喝道声。我抬头一望，就看到四个绿衣邮差，提着四个长方扁灯笼，灯笼上写着："邮政管理局长"几个红扁字，四人成双

---

① N城：指南昌。

行走，向前喝道；接着是四个徒手的绿衣邮差；接着是一顶绿衣大轿，四个绿衣轿夫抬着；轿的两旁，各有两个绿衣邮差扶住轿杠护着走；轿后又是四个绿衣邮差跟着。我再低头向轿内一望，轿内危坐着一个碧眼黄发高鼻子的洋人，口里衔着一枝①大雪茄，脸上露出十足的傲慢自得的表情。"啊！好威风呀！"我不禁脱口说出这一句。邮政并不是什么深奥巧妙的事情，难道一定要洋人才办得好吗？中国的邮政，为什么要给外人管理去呢？

随后，我到K埠②读书，情形更不同了。在K埠的所谓租界上，我们简直不能乱动一下，否则就要遭打或捉。在中国的地方，建起外人的租界，服从外人的统治，这种现象不会有点使我难受吗？

有时，我站在江边望望，就看见很多外国兵舰和轮船在长江内行驶和停泊，中国的内河，也容许外国兵舰和轮船自由行驶吗？中国有兵舰和轮船在外国内河行驶吗？如果没有的话，外国人不是明明白白欺负中国吗？中国人难道就能够低下头来活受他们的欺负不成？！

就在我读书的教会学校里，他们口口声声传那"平等博爱"的基督教；同是教员，又同是基督信徒，照理总应该平等待遇；但西人教员，都是二三百元一月的薪水，中国教员只有几十元一月的薪水；教国文的更可怜，简直不如去讨饭，他们只有廿

---

① 枝：同"支"。
② K埠：指九江。

余元一月的薪水。朋友，基督国里，就是如此平等法吗？难道西人就真是上帝宠爱的骄子，中国人就真是上帝抛弃的下流的瘪三？！

朋友，想想看，只要你不是一个断了气的死人，或是一个甘心亡国的懦夫，天天碰着这些恼人的问题，谁能按下你不挺身而起，为积弱的中国奋斗呢？何况我正是一个血性自负的青年！

朋友，我因无钱读书，就漂流到吸尽中国血液的唧筒——上海来了。最使我难堪的，是我在上海游法国公园的那一次。我去上海原是梦想着找个半工半读的事情做做，那知上海是人浮于事，找事难于登天，跑了几处，都毫无头绪，正在纳闷着，有几个穷朋友，邀我去游法国公园散散闷。一走到公园门口就看到一块刺目的牌子，牌子上写着"华人与狗不准进园"几个字。这几个字射入我的眼中时，全身突然一阵烧热，脸上都烧红了。这是我感觉着从来没有受过的耻辱！在中国的上海地方让他们造公园来，反而禁止华人入园，反而将华人与狗并列。这样无理的侮辱华人，岂是所谓"文明国"的人们所应做出来的吗？华人在这世界上还有立足的余地吗？还能生存下去吗？我想至此也无心游园了，拔起脚就转回自己的寓所了。

朋友，我后来听说因为许多爱国文学家著文的攻击，那块侮辱华人的牌子已经取去了。真的取去了没有？还没有取去？朋友，我们要知道，无论这块牌子取去或没有取去，那些以主子自居的混蛋的洋人，以畜生看待华人的观念，是至今没有改变的。

　　朋友，在上海最好是埋头躲在鸽子笼里不出去，倒还可以静一静心！如果你喜欢向外跑，喜欢在"国中之国"的租界上去转转，那你不仅可以遇着"华人与狗"一类的难堪的事情，你到处可以看到高傲的洋大人的手杖，在黄包车夫和苦力的身上飞舞；到处可以看到饮得烂醉的水兵，沿街寻人殴打；到处可以看到巡捕手上的哭丧棒，不时在那些不幸的人们身上乱揍；假若你再走到所谓"西牢"旁边听一听，你定可以听到从里面传出来的包探捕头拳打脚踢毒刑毕用之下的同胞们一声声呼痛的哀音，这是他们利用治外法权来惩治反抗他们的志士！半殖民地民众悲惨的命运呵！中国民族悲惨的命运呵！

　　朋友，我在上海混不出什么名堂，仍转回K省[①]来了。

　　我搭上一只J国[②]轮船。在上船之前，送行的朋友告诉我在J国轮船，确要小心谨慎，否则船上人不讲理的。我将他们的忠告，谨记在心。我在狭小拥挤、汗臭屁臭、蒸热闷人的统舱里，买了一个铺位。朋友，你们是知道的，那时，我已患着很厉害的肺病，这统舱里的空气，是极不适宜于我的；但是，一个贫苦学生，能够买起一张统舱票，能够在统舱里占上一个铺位，已经就算是很幸事了。我躺在铺位上，头在发昏晕！等查票人过去了，正要昏迷迷的睡去，忽听到从货舱里发出可怕的打人声及喊救声。我立起身来问茶房什么事，茶房说，不要去理它，

---

① K省：指江西。
② J国：指日本。

还不是打那些不买票的穷蛋。我不听茶房的话，拖着鞋向那货舱走去，想一看究竟。我走到货舱门口，就看见有三个衣服褴褛的人，在那堆叠着的白粮包上蹲伏着。一个是兵士，二十多岁，身体健壮，穿着一件旧军服。一个像工人模样，四十余岁，很瘦，似有暗病。另一个是个二十余岁的妇人，面色粗黑，头上扎一块青布包头，似是从乡下逃荒出来的样子。三人都用手抱住头，生怕头挨到鞭子，好像手上挨几下并不要紧的样子。三人的身体，都在战栗着。他们都在极力将身体紧缩着，好像想缩小成一小团子或一小点子，那鞭子就打不着那一处了。三人挤在一个舱角里，看他们的眼睛，偷偷地东张西张的神气，似乎他们在希望着就在屁股底下能够找出一个洞来，以便躲进去避一避这无情的鞭打，如果真有一个洞，就是洞内满是屎尿，我想他们也是会钻进去的。在他们对面，站着七个人，靠后一点，站着一个较矮的穿西装的人，身体肥胖得很，肚皮膨大，满脸油光，鼻孔下蓄了一小绺短须。两手叉在裤袋里，脸上浮露一种毒恶的微笑，一望就知道他是这场鞭打的指挥者。其余六个人，都是水手茶房的模样，手里拿着藤条或竹片，听取指挥者的话，在鞭打那三个未买票偷乘船的人们。

"还要打！谁叫你不买票！"那肥人说。

他话尚未说断，那六个人手里的藤条和竹片，就一齐打下。"还要打！"肥人又说。藤条竹片又是一齐打下。每次打下去，接着藤条竹片的着肉声，就是一阵"痛哟！"令人酸鼻的哀叫！这种哀叫，并不能感动那肥人和几个打手的慈心，他们反而哈哈地笑起来了。

"叫得好听，有趣，多打几下！"那肥人在笑后命令地说。

那藤条和竹片，就不分下数地打下，"痛哟！痛哟！饶命呵！"的哀叫声，就更加尖锐刺耳了！

"停住！去拿绳子来！"那肥人说。

那几个打手，好像耍熟了把戏的猴子一样，只听到这句话，就晓得要做什么。马上就有一个跑去拿了一捆中粗绳子来。

"将他绑起来，抛到江里去喂鱼！"肥人指着那个兵士说。

那些打手一齐上前，七手八脚的将那兵士从糖包上拖下来，按倒在舱面上，绑手的绑手，绑脚的绑脚，一刻儿就把那兵士绑起来了。绳子很长，除缚结外，还各有一长段拖着。

那兵士似乎入于昏迷状态了。

那工人和那妇人还是用双手抱住头，蹲在糖包上发抖战，那妇人的嘴唇都吓得变成紫黑色了。

船上的乘客，来看发生什么事体的，渐来渐多，货舱门口都站满了，大家脸上似乎都有一点不平服的表情。

那兵士渐渐地清醒过来，用不大的声音抗议似的说：

"我只是无钱买船票，我没有死罪！"

啪的一声，兵士的面上挨了一巨掌！这是打手中一个很高大的人打的。他吼道："你还讲什么？像你这样的狗东西，别说死一个，死十个百个又算什么！"

于是他们将他搬到舱沿边，先将他手上和脚上两条拖着的绳子，缚在船沿的铁栏干上，然后将他抬过栏干向江内吊下去。

人并没有浸入水内,离水面还有一尺多高,只是仰吊在那里。被轮船激起的江水溅沫,急雨般打到他面上来。

那兵士手脚被吊得彻心彻骨的痛,大声哀叫。

那几个魔鬼似的人们,听到了哀叫,只是"好玩!好玩!"的叫着跳着作乐。

约莫吊了五六分钟,才把他拉上船来,向舱板上一摔,解开绳子,同时你一句我一句地说着:"味道尝够了吗?""坐白船没有那么便宜的!""下次你还买不买票?""下次你还要不要来尝这辣味儿?""你想错了,不买票来偷搭外国船!"那兵士直硬硬地躺在那里,闭上眼睛,一句话也不答,只是左右手交换地去摸抚那被绳子嵌成一条深槽的伤痕,两只脚也在那吊伤处交互揩擦。

"把他也绑起来吊一下!"肥人又指着那工人说。

那工人赶从糖包上爬下来,跪在舱板上,哀恳地说:"求求你们不要绑我,不要吊我,我自己爬到江里去投水好了。像我这样连一张船票都买不起的苦命,还要它做什么!"他说完就往船沿爬去。

"不行不行,照样的吊!"肥人说。

那些打手,立即将那工人拖住,照样把他绑起,照样将绳子缚在铁栏干上,照样把他抬过铁栏干吊下去,照样地被吊在那里受着江水激沫的溅洒,照样他在难忍的痛苦下哀叫,也是吊了五六分钟,又照样把他吊上来,摔在舱板上替他解缚。但那工人并不去摸抚他手上和脚上的伤痕,只是眼泪如泉涌地流出来，尽在抽噎的哭，那半老人看来是很伤心的了！

……

"打！"我气愤不过，喊了一声。

"谁喊打？"肥人圆睁着那凶眼望着我们威吓地喝。

"打！"几十个人的声音，从站着观看的乘客中吼了出来。

那肥人有点惊慌了，赶快移动脚步，挺起大肚子走开，一面急忙地说：

"饶了他们三个人的船钱，到前面码头赶下船去！"

那几个打手齐声答应"是"，也即跟着肥人走去了。

"真是灭绝天理良心的人，那样的虐待穷人！""狗养的好凶恶！""那个肥大头可杀！""那几个当狗的打手更坏！""咳，没有捶那班狗养的一顿！"在观看的乘客中，发生过一阵嘈杂的愤激的议论之后，都渐次散去，各回自己的舱位去了。

我也走回统舱里，向我的铺位上倒下去，我的头像发热病似的胀痛，我几乎要放声痛哭出来。

朋友，这是我永不能忘记的一幕悲剧！那肥人指挥着的鞭打，不仅是鞭打那三个同胞，而是鞭打我中国民族，痛在他们身上，耻在我们脸上！啊！啊！朋友，中国人难道真比一个畜生都不如了吗？你们听到这个故事，不也很难过吗？

朋友，以后我还遇着不少的像这一类或者比这一类更难堪的事情，要说，几天也说不完，我也不忍多说了。总之，半殖民地的中国，处处都是吃亏受苦，有口无处诉。但是，朋友，我却因每一次受到的刺激,就更加坚定为中国民族解放奋斗的决心。我是常常这样想着,假使能使中国民族得到解放,那我又何惜于我这一条蚁命!

朋友!中国是生育我们的母亲。你们觉得这位母亲可爱吗?我想你们是和我一样的见解,都觉得这位母亲是蛮可爱蛮可爱的。以言气候,中国处于温带,不十分热,也不十分冷,好像我们母亲的体温,不高不低,最适宜于孩儿们的偎依。以言国土,中国土地广大,纵横万数千里,好像我们的母亲是一个身体魁大、胸宽背阔的妇人,不像日本姑娘那样苗条瘦小。中国许多有名的崇山大岭,长江巨河,以及大小湖泊,岂不象征着我们母亲丰满坚实的肥肤上之健美的肉纹和肉窝?中国土地的生产力是无限的;地底蕴藏着未开发的宝藏也是无限的;废置而未曾利用起来的天然力,更是无限的,这又岂不象征着我们的母亲,保有着无穷的乳汁,无穷的力量,以养育她四万万的孩儿?我想世界上再没有比她养得更多的孩子的母亲吧。至于说到中国天然风景的美丽,我可以说,不但是雄巍的峨嵋,妩媚的西湖,幽雅的雁荡,与夫"秀丽甲天下"的桂林山水,可以傲睨一世,令人称美;其实中国是无地不美,到处皆景,自城市以至乡村,一山一水,一丘一壑,只要稍加修饰和培植,都可以成流连难舍的胜景;这好像我们的母亲,她是一个天姿玉质的美人,她的身体的每一部份,都有令人爱慕之美。中国海岸线之长而且弯曲,照现代艺术家说来,这象征我们母亲富有曲线美吧。咳!母亲!美丽的母亲,可爱的母亲,只因你受着人家的压榨和剥削,弄成贫穷已极;不但不能买一件新的好看的衣服,把你自己装饰起来;甚至不能买块香皂将你全身洗擦洗擦,以致现出怪难看的一种憔悴褴褛和污秽不洁的形容来!啊!我们的母亲太可怜了,一个天生的丽人,现在却变成叫化①的婆子!站在欧洲、美洲各位华贵的太太面前,固然是深愧不如,就是站在那日本小姑娘面前,也自惭形秽得很呢!

听着!朋友!母亲躲到一边去哭泣了,哭得伤心得很呀!她似乎在骂着:"难道我四万万的孩子,都是白生了吗?难道他们真像着了魔的狮子,一天到晚的睡着不醒吗?难道他们不知道自己伟大的团结力量,去与残害母亲、剥削母亲的敌人斗争吗?难道他们不想将母亲从敌人手里救出来,把母亲也装饰起来,成为世界上一个最出色、最美丽、最令人尊敬的母亲吗?"朋友,听到没有母亲哀痛的哭骂?是的,是的,母亲骂得对,十分对!我们不能怪母亲好哭,只怪得我们之中出了败类,自己压制自己,眼睁睁的望着我们这位挺慈祥美丽的母亲,受着许多无谓的屈辱,和残暴的蹂躏!这真是我们做孩子们的不是了,简直连一位母亲都爱护不住了!

朋友,看呀!看呀!那名叫"帝国主义"的恶魔的面貌是多么难看呀!在中国许多神怪小说上,也寻不出一个妖精鬼怪的面貌,会有这些恶魔那样的狞恶可怕!满脸满身都是毛,好

---

① 叫化:同"叫花",即乞丐。

像他们并不是人，而是人类中会吃人的猩猩！他们的血口，张开起来，好似无底的深洞，几千几万几千万的人类，都会被它吞下去！他们的牙齿，尤其是那伸出口外的獠牙，十分锐利，发出可怕的白光！他们的手，不，不是手呀，而是僵硬硬的铁爪！那么难看的恶魔，那么狰狞可怕的恶魔！一，二，三，四，五，朋友，五个可怕的恶魔，正在包围着我们的母亲呀！朋友，看呀，看到了没有？呃！那些恶魔将母亲搂住呢！用他们的血口，去亲她的嘴，她的脸，用他们的铁爪，去抓破她的乳头，她的可爱的肥肤！呀，看呀！那个戴着粉白的假面具的恶魔，在做什么？他弯身伏在母亲的胸前，用一支锐利的金管子，刺进，呀！刺进母亲的心口，他的血口，套到这金管子上，拚命①的吸母亲的血液！母亲多么痛呵，痛得嘴唇都成白色了。噫，其他的恶魔也照样做吗？看！他们都拿出各种金的、铁的或橡皮的管子，套住在母亲身上被他铁爪抓破流血的地方，都拚命吸起血液来了！母亲，你有多少血液，不要一下子就被他们吸干了吗？

嗄！那矮矮的恶魔，拿出一把屠刀来了！做什么？呃！恶魔！你敢割我们母亲的肉？你想杀死她？咳哟！不好了！一刀！啪的一刀！好大胆的恶魔，居然向我们母亲的左肩上砍下去！母亲的左臂，连着耳朵到颈，直到胸膛，都被砍下来了！砍下了身体的那么一大块——五分之一的那么一大块！母亲的

---

① 拚（pàn）命：豁出性命。

血在涌流出来，她不能哭出声来，她的嘴唇只是在那里一张一张的动，她的眼泪和血在竞着涌流！朋友们！兄弟们！救救母亲呀！母亲快要死去了！

啊！那矮的恶魔怎么那样凶恶，竟将母亲那么一大块身体，就一口生吞下去，还在那里眈眈地望着，像一只饿虎向着驯羊一样地望着！恶魔！你还想砍，还想割，还想把我们的母亲整个吞下去？！兄弟们，无论如何不能与它干休！它砍下而且生吞下去母亲的那么一大块身体！母亲现在还像一个人吗，缺了五分之一的身体？美丽的母亲，变成一个血迹模糊肢体残缺的人了。兄弟们，无论如何，不能与它干休，大家冲上去，捉住那只恶魔，用铁拳痛痛地捶它，捶得它张开口来，吐出那块被生吞下去的母亲身体，才算，决不能让它在恶魔的肚子里消化了去，成了它的滋养料！我们一定要回来一个完整的母亲，绝对不能让她的肢体残缺呀！

呸！那是什么人？他们也是中国人，也是母亲的孩子？那么为什么去帮助恶魔来杀害自己的母亲呢？你们看！他们在恶魔持刀向母亲身上砍的时候，很快的就把砍下来的那块身体，双手捧到恶魔血口中去！他们用手拍拍恶魔的喉咙，使它快吞下去；现在又用手去摸摸恶魔的肚皮，增进它的胃之消化力，好让快点消化下去。他们都是所谓高贵的华人，怎样会那么恭顺地秉承恶魔的意旨行事？委曲求欢，丑态百出！可耻，可耻！傀儡，卖国贼！狗彘不食的东西！狗彘不食的东西！你们帮助恶魔来杀害自己的母亲，来杀害自己的兄弟，到底会得到什么好处？！我想你们这些无耻的人们呵！你们当傀儡、当汉奸、当走狗的代价，至多只能伏在恶魔的肛门边或小便上，去吸取它把母亲的肉，母亲的血消化完了排泄出来的一点粪渣和尿滴！那是多么可鄙弃的人生呵！

朋友，看！其余的恶魔，也都拔出刀来，馋涎欲滴地望着母亲的身体，难道也像矮的恶魔一样来分割母亲吗？啊！不得了，他们如果都来操刀而割，母亲还能活命吗？她还不会立即死去吗？那时，我们不要变成了无母亲的孩子吗？咳！亡了母亲的孩子，不是到处更受人欺负和侮辱吗？朋友们，兄弟们，赶快起来，救救母亲呀！无论如何，不能让母亲死亡的啊！

朋友，你们以为我在说梦呓吗？不是的，不是的，我在呼喊着大家去救母亲啊！再迟些时，她就要死去了。

朋友，从崩溃毁灭中，救出中国来，从帝国主义恶魔生吞活剥下，救出我们垂死的母亲来，这是刻不容缓的了。但是，到底怎样去救呢？是不是由我们同胞中，选出几个最会做文章的人，写上一篇十分娓娓动听的文告或书信，去劝告那些恶魔停止侵略呢？还是挑选几个最会演说、最长于外交辞令的人，去向他们游说，说动他们的良心，自动地放下屠刀不再宰割中国呢？抑或挑选一些顶善哭泣的人，组成哭泣团，到他们面前去，长跪不起，哭个七日七夜，哭动他们的慈心，从中国撒手回去呢？再或者……我想不讲了，这些都不会丝毫有效的。哀求帝国主义不侵略和灭亡中国，那岂不等于哀求老虎不吃肉？那是再可笑也没有了。我想，欲求中国民族的独立解放，决不是哀告、跪求哭泣所能济事，而是唤起全国民众起来斗争，都手执武器，去与帝国主义进行神圣的民族革命战争，将他们打出中国去，这才是中国惟一的出路，也是我们救母亲的惟一方法，朋友，你们说对不对呢？

因为中国对外战争的几次失利，真像倒霉的人一样，弄得自己不相信自己起来了。有些人简直没有一点民族自信心，认为中国是沉沦于万丈之深渊，永不能自拔，在帝国主义面前，中国渺小到像一个初出世的婴孩！我在三个月前，就会到一位先生，他的身体瘦弱，皮肤白皙，头上的发梳得很光亮，态度文雅。他大概是在军队中任个秘书之职，似乎是一个伤心国事的人。他特地来与我做了下列的谈话：

他："咳！中国真是危急极了！"

我："是的，危急已极，再如此下去，难免要亡国了。"

"唔，亡国，是的，中国迟早是要亡掉的。中国不会有办法，我想是无办法的。"他摇头的说，表示十分丧气的样子。

"先生为什么说出这样的话来？哪里就会无办法。"我诘问他。

"中国无力量呀！你想帝国主义多么厉害呵！几百几千架飞机，炸弹和人一样高；还有毒瓦斯，一放起来，无论多少人，都要死光。你想中国拿什么东西去抵抗它？"他说时，现出恐惧的样子。

"帝国主义固然厉害，但全中国民众团结起来的斗争力量也是不可侮的啦！并且，还有……"我尚未说完，他就抢着说：

"不行不行，民众的力量，抵不住帝国主义的飞机大炮，中国不行，无办法，无办法的啦。"

"那照先生所说，我们只有坐在这里等着做亡国奴了！你不觉得那是可耻的懦夫思想吗？"我实在忍不住，有点气愤了。他睁大眼睛，呆望着我，很难为情的不做答声。

这位先生，很可怜的代表一部分鄙怯人们的思想，他们只看到帝国主义的飞机大炮，忘却自己民族伟大的斗争力量。照他的思想，中国似乎是命注定的要走印度、朝鲜的道路了[①]，那还了得？！

中国真是无力自救吗？我绝不是那样想的，我认为中国是有自救的力量的。最近十几年来，中国民族，不是表示过它的斗争力量之不可侮吗？弥漫全国的"五卅"运动，是着实的教训了帝国主义，中国人也是人，不是猪和狗，不是可以随便屠杀的。省港罢工，在当时革命政权扶助之下，使香港变成了臭港，就是最老牌的帝国主义，也要屈服下来。以后北伐军到了湖北和江西，汉口和九江的租界，不是由我们自动收回了吗？在那时帝国主义在中国的威权，不是一落千丈吗？朋友，我现在又要来讲个故事了。就在北伐军到江西的时候，我在江西做工作，因有事去汉口，在九江又搭上一只J国轮船，而且十分凑巧，这只轮船，就是我那次由上海回来所搭乘的轮船。使我十分奇怪的，就是轮船上下管事人对乘客们的态度，显然是两

[①] 当时印度和朝鲜分别处于英国和日本的殖民统治中，还未获得独立。文中指亡国的意思。

样的了——从前是横蛮无理,现在是和气多了。我走到货舱去看一下,货舱依然是装满了糖包,但糖包上没有蹲着什么人。再走到统舱去看看,只见两边走栏的甲板上,躺着好几十个人。有些像是做工的,多数是像从乡间来的,有一位茶房正在开饭给他们吃呢。我为了好奇心,走到那茶房面前向他打了一个招呼,与他谈话:

我:"请问,这些人都是买了票吗?"

茶房:"他们哪里买票,都是些穷人。"

我:"不买票也可以坐船吗?"

茶房:"马马虎虎的过去,不买票的人多呢!你看统舱里那些士兵,哪个买了票的?"他用手向统舱里一指,我随着他指的方向望去,果就看见有十几个革命军兵士,围在一个茶房的木箱四旁,箱盖上摆着花生米、皮蛋、酱豆干等下酒菜,几个洋磁碗盛着酒,大家正在高兴地喝酒谈话呢。

我:"他们真都没有买票吗?"

茶房:"哪里还会假的,北伐军一到汉口,他们就坐船不买票了。"

"从前的时候,不买票也行坐船吗?"我故意地问。

茶房:"那还了得,从前不买票,不但打得要命,还要抛到江里去!"

"抛到江里去?那岂不是要浸死人吃人命?"我又故意地问。

茶房笑说:"不是真抛到江里去浸死,而是将他吊一吊,吓一吓。不过这一吊也是一碗辣椒汤,不好尝的。"

我:"那么现在你们的船老板,为什么不那样做呢?"

茶房:"现在不敢那样做了,革命势力大了。"

我:"我不懂那是怎样说的,请说清楚!"

茶房:"那还不清楚吗?打了或吊了中国人,激动了公愤,工人罢下工来,他的轮船就会停住走不动了。那损失不比几个人不买票的损失更大吗?"

我:"依你所说,那外国人也有点怕中国人了?"

茶房:"不能说怕,也不能说不怕,唔,照近来情形看,似乎有点怕中国人了。哈哈!"茶房笑起来了。

我与他再点点头道别,我暗自欢喜地走进来。我心里想,今天可惜不遇着那肥大头,如遇着,至少也要奚落他几句。

我走到官舱的饭厅上去看看,四壁上除挂了一些字画外,却挂了一块木板布告。布告上的字很大,远处都可以看清楚。

第　　号

国民革命军总司令布告

为布告事。照得近来有军人及民众搭乘外国轮船不买票,实属非是!

特出布告,仰该军民人等,以后搭乘轮船,均须照章买票,不得有违!

切切此布。

啊啊，外国轮船，也有挂中国布告之一天，在中国民众与兵、工奋斗之下，藤条、竹片和绳子，也都失去从前的威力了。

朋友，不幸得很，从此以后，中国又走上了厄运，环境又一天天地恶劣起来了。经过"五三"的济南惨案，直到"九一八"，日本帝国主义公然出兵占领了中国东北四省，就是我在上面所说那矮的恶魔，一刀砍下并生吞下我们母亲五分之一的身体。这是由于中国民族革命运动，受了挫折，对于中国进攻采取了"不抵抗主义"，没有积极唤起国人自救所致！但是，朋友，接着这一不幸的事件而起的，却来了全国汹涌的抗日救国运动，东北四省前仆后继的义勇军的抗战，以及"一·二八"有名的上海战争。这些是给了骄横一世的日本军阀一个严重的教训，并在全世界人类面前宣告，中国的人民和兵士，不是生番，不是野人，而是有爱国心的，而是能够战斗的，能够为保卫中国而牺牲的。谁要想将有四千年历史与四万万人口的中国民族吞噬下去，我们是会与他们拼命战斗到最后的一人！

朋友，虽然在我们之中，有汉奸，有傀儡，有卖国贼，他们认仇作父，为虎作伥；但他们那班可耻的人，终竟是少数，他们已经受到国人的抨击和唾弃，而渐趋于可鄙的结局。大多数的中国人，有良心有民族热情的中国人，仍然是热心爱护自己的国家的。现在不是有成千成万的人在那里决死战斗吗？他们决不让中国被帝国主义所灭亡，决不让自己和子孙们做亡国奴。朋友，我相信中国民族必能从战斗中获救，这岂是我们的自欺自誉吗？

不错，目前的中国，固然是江山破碎，国弊民穷，但谁能断言，中国没有一个光明的前途呢？不，决不会的，我们相信，中国一定有个可赞美的光明前途。中国民族在很早以前，就造起了一座万里长城和开凿了几千里的运河，这就证明中国民族伟大无比的创造力？中国在战斗之中一旦斩去了帝国主义的锁链，肃清自己阵线内的汉奸卖国贼，得到了自由与解放，这种创造力，将会无限地发挥出来。到那时，中国的面貌将会被我们改造一新。所有贫穷和灾荒，混乱和仇杀，饥饿和寒冷，疾病和瘟疫，迷信和愚昧，以及那慢性的杀灭中国民族的鸦片毒物，这些等等都是帝国主义带给我们可憎的赠品，将来也要随着帝国主义的赶走而离去中国了。朋友，我相信，到那时，到处都是活跃的创造，到处都是日新月异的进步，欢歌将代替了悲叹，笑脸将代替了哭脸，富裕将代替了贫穷，康健将代替了疾苦，智慧将代替了愚昧，友爱将代替了仇杀，生之快乐将代替了死之悲哀，明媚的花园将代替了凄凉的荒地！这时，我们民族就可以无愧色的立在人类的面前，而生育我们的母亲，也会最美丽地装饰起来，与世界上各位母亲平等地携手了。

这么光荣的一天，决不在辽远的将来，而在很近的将来，我们可以这样相信的，朋友！

朋友，我的话说得太噜苏①厌听了吧！好，我只说下面几句了。我老实的告诉你们，我爱护中国之热诚，还是如小学生

---

① 噜苏：啰唆。

时代一样的真诚无伪；我要打倒帝国主义为中国民族解放之心还是火一般的炽烈。不过，现在我是一个待决之囚呀！我没有机会为中国民族尽力了，我今日写这封信，是我为民族热情所感，用文字来作一次为垂危的中国的呼喊，虽然我的呼喊，声音十分微弱，有如一只将死之鸟的哀鸣。

啊！我虽然不能实际的为中国奋斗，为中国民族奋斗，但我的心总是日夜祷祝着中国民族在帝国主义羁绊之下解放出来之早日成功！假如我还能生存，那我生存一天就要为中国呼喊一天；假如我不能生存——死了，我流血的地方，或者我瘗骨[①]的地方，或许会长出一朵可爱的花来，这朵花你们就看做是我的精诚的寄托吧！在微风的吹拂中，如果那朵花是上下点头，那就可视为我对于为中国民族解放奋斗的爱国志士们在致以热诚的敬礼；如果那朵花是左右摇摆，那就可视为我在提劲儿唱着革命之歌，鼓励战士们前进啦！

亲爱的朋友们，不要悲观，不要畏馁，要奋斗！要持久地艰苦地奋斗！把各人所有的智慧才能，都提供于民族的拯救吧！无论如何，我们决不能让伟大的可爱的中国，灭亡于帝国主义的肮脏的手里！

你们挚诚的祥松
五月二日写于囚室

---

① 瘗（yì）骨：埋葬尸骨。

囚人祥松将上信写好了，又从头到尾仔细修改了一次，自以为没有什么大毛病了，将它折好，套入一个大信封里。信封上写着："寄送不知其名的朋友们均启"。这封信，他知道是无法寄递的，他扯开书桌的抽屉，将信放在里面。然后拖起那双戴了铁镣的脚，钉铛钉铛走到他的铁床边就倒下去睡了。

他往日的睡，总是做着许多恶梦，今晚他或者能安睡一夜吧！我们盼望他能够安睡，不做一点梦，或者只做个甜蜜的梦。

附：

这篇像小说又不像小说的东西，乃是在看管我们的官人们监视之下写的。所以只能比较含糊其辞地写。这是说明一个×××员，是爱护国家的，而且比谁都不落后以打破那些武断者诬蔑的谰言！

恽代英

你以为的恽代英

- 杰出的革命家
- 出色的宣传家
- 忠诚
- 热情
- 儒雅
- 坚强
- 有责任
- 中国青年的楷模
- 时代青年的领路人
- 青年运动的『灵魂导师』
- 革命风暴中的旗手

实际上的恽代英

- 清贫乐道
- 严于律己
- 朴实刚毅

恽代英

恽代英（1895—1931），字子毅，祖籍江苏，出生于湖北武昌。杰出的政治活动家、理论家，著名青年运动领袖。

1919年，他曾组织武汉地区的学生参与五四运动，以此来传播新思想、新文化，是武汉地区五四运动的主要领导人之一。1921年，他加入中国共产党。1927年，他先后组织、领导了南昌起义和广州起义，后转移至香港。1928年秋，他奉调上海，担任中共中央组织部秘书长；1929年，任中共中央宣传部秘书长，并负责编辑党中央机关刊物《红旗》。

青年与偶像

我的朋友沈光耀给我一封信,中间有一段最精辟的话说:

"青年人因年龄关系,已往的经历,往往不能应付现在的环境,所以不能不借外界指导,所以不能不崇拜偶像,这是青年人应有的态度。世人不察,不责备作青年指导的人——偶像——本身不良,而破口乱骂一般青年不该崇拜偶像,此实我大大反对的。我所患不在青年人崇拜偶像,只患无真正理想的偶像。"

我读他这一段议论,十二分的与他表示同情。因为他为青年人原谅的话,确实是青年人的真象[①]。尽管真有一种偶像被人打破,但青年人始终总是依附于某一种偶像的。所以怪青年人不该崇拜偶像,是没有益的。做青年人所崇拜的偶像的人,如何能配得上指导青年,这还是最值得注意的事。

---

① 真象:真相。

但是反过来一想，他这几句理由十分充足的话，还有必得补充几层意思的地方。我怎地这样说呢？

我们现在因经济的压迫，已经唤醒我们迷信现代社会制度的昏梦了。我们已经不信一切威权，不信一切传说。但是我们却不能不要一种生活的方法，来继续维持我们内心乃至社会的安宁秩序。在今天普世界都是陷于这种状况。他们都有各种所谓指导民众的人，倡为各种学说与主义。但这都只是一种意见，一种黑夜摸路的方法而已。我们中国从古典封建的思想，一旦忽然与全世界现代生活相接触，旧道德旧制度的破坏，虽然如摧枯拉朽，一下儿便大告成功。但是所谓指导民众的人，对于我们需要的生活方法，更是一点没有定见，他们所贡献的黑夜摸路的方法，更幼稚不可靠。这亦是自然应有的现象，不能深怪他们的。

感觉敏锐，感情热烈的人，因经济的压迫，察觉了而起来打倒一切威权与传说，这是比较容易的事。这一种人，虽然或者因为他的智慧与勇敢，被人家公认为青年的指导者，但他们尽可以只见到旧社会制度是不应当存在，尽可以完全不曾想到我们以后应当要哪一种生活的方法。在他们提倡把旧社会制度在人心中的信仰打倒了以后，有些人，或者他们自己，都要问我们以后应当要哪一种生活的方法。那个时候，没有一个人能给别人一个满意的答案。所谓青年的指导者，其实他们在这一点，并完全不能指导青年。他们在这种问题发生以后，才与一股青年，一同开始来摸黑路。因此，他们不能怎样配得上指导青年，是无足怪异的事。

　　自然因他们的见解比较深锐，知识比较丰富，他们有时亦能裨贩①一些别国所倡的学说与主义，来供我们采择。我们有时亦主张要这样的生活方法；有时亦主张要那样的生活方法。但是他们总不能不屡次变更他们的主张：譬如胡适之是主张不谈政治的，现在又主张谈政治了。陈独秀是恭维德谟克拉西的，现在又反对德谟克拉西了。有人说这些指导青年的人，如何都这样举棋不定？其实这怪不得他们。他们自从骂倒了旧信仰以后，才开始摸黑路。摸了一条路不能通，于是又换过来摸别一条路。所以他们屡次改变他们的主张，正是他们的进步。倘若必要像康有为的坚守君宪，才算是有定见的，我们究竟何贵有这种人？

　　所以我敢说我们过于崇拜偶像，以为他们一定能够指导青年，那是错了的。但是他们确有可以指导青年的地方。他们的主张，屡次变易，不是证明他们不配指导青年，正是证明他们是进步的、忠诚的指导者。我决不说他们今天的见解，一定没有错处，不过可断言的，他们今天的见解，好多地方都比从前的见解更有价值一些。更可断言他们从前的与现在矛盾的见解，有一些地方，确实是不合的。我们若因相信他们，却死抱着他们自己已经否认的新村主义、工读互助主义，而不肯舍去，这却是极笨的事。

---

① 裨（bì）贩：贩卖。

我们大家是摸黑路,一条路不能通,自然要另摸别一条路。所以改变主义,并不能证明我们是无定见。跟着几个指导者改变主张,并不能证明我们是盲从。我们不要以固执成见为什么好品性,我们欢迎知道错了便改的人。

有人说,这样摸黑路,岂不耗费大家的精力时间?一般青年的指导者,自己既未看清,何苦喊出来害人呢?但是这令那般指导者有什么法子?在旧信仰既经推倒以后,人家,乃至指导者自己,都急于要一个生活方法的答案。所以每个似乎圆满的提议,都会不自禁的叫了出来。

这些提议,经过实验,终于失败了。然不经一番实验,大家怎能知是一条不能成功的路径?所以把这种事怪指导者,是不合理的。

我上面为一般青年指导者辩护了这么多,下面却有几句箴砭[①]这些指导者的话,不仅要盼望这些指导者能俯受逆耳之言,即崇拜他们的人,亦宜思考一下子。

我说这些指导者主张的变易,是他们的进步,是他们的忠诚。但是亦有一小部分,不能说是这样,他只是一种反感所酝酿的反动的论调。

这些指导者,他开始提倡一种学说,等到流行以后,现出了有些弊病,他不仔细考察这些弊病的原因,便根本怀疑他以前的主张,或倡为他种矫枉过正之论。近来所谓新文化领袖所

---

① 箴砭(zhēn biān):规谏;纠谬。箴:同"针"。

倡这种论调，可以淆惑一般社会的，亦所在多有。

如学校废止考试，本来是公允的主张。只因教职员没有一种考察成绩的代替方法，或不习于运用这种方法，而这种运动，又为懒惰成绩不良的学生所以避免留级之用，遂大家起了反感，仍主张维持这种无道理的考试制度。是其一例。

又如中学以下的学生，求近代常识以应付眼前世界的生活，为最急切要紧的事，所以不能把那些很不急要的古文国学，来分他们的注意，这本是极应该的。然而在语体文既经盛行，正便于引导青年去多研究近代学术的时候，那首先提倡语体文的人，自己站在知识阶级的贵族地位上面，因他自己正在整理国故，忽然又唱出中学生要注重古文国学的论调来。这又是一例。

又如学校的学生，应当自由自治，这是民治的国民，当然应注意的教育原则。学生自治的成绩不良，这是最初不可免的现象，我们要从学生自治中，训练学生自治。但是所谓青年的指导者，他尽管一面提倡"女子解放是女子解放的方法""民众政治是训练民众政治能力的法子"，他一面却唱出学校内严格训练的呼声。这又是一例。

总之，近来这种由崭新人物口中所发表反动的、复古的主张亦不少。这有些是由于他对于从前所主张的，看出有许多不可忍耐的弊病。有些却是由于他的地位，他的生活，使他不知不觉地成了一个反动潮流中间的人。这实在是文化运动中的一个大缺憾。

我们尽可以相信一般青年的指导者最近的主张。但若这些

255

主张是出于感情的反动，或者是他的贵族生活背景所造成的，我们却不可不极力驳斥，却绝对不能盲从他。

我们不要因为一种主张的有弊病，不问彼这弊病从何而来，便卤莽①灭裂地反对那一种主张。

我们更不要为贵族生活，把一切主张见地，都潜移默化了。我们要尊重理性，尊重低级人民的权利。

不要轻易发表反动的议论。这种议论发表出来，害人比一般顽固守旧者的议论还厉害几十倍。不要轻易信从反动的议论。因为一般所谓青年指导者，本不容易配得上是真正理想的偶像，他们不仅见解有不完全的地方，而且为感情所蔽，习性所移的，亦所在不免。所以不要过于迷信偶像了。最能打倒旧时谬论的人，自己有时还是会唱那些差不多的谬论。所以青年要有一点判别力才好。

青年要崇拜偶像，诚然是应当的，自然不可免。但是所谓偶像，不过只像我上面所说那个样子。所以青年还得拿点理性来抉择，以定信从与否。我以为跟着这些"偶像"摸那比较有把握，然而并无十分把握的黑路，都是可以的。只是信从他那些反动的话，来横生改进的阻力，却十分要不得！

载上海《民国日报》副刊《觉悟》

---

① 卤莽：同"鲁莽"。

做人的第一步

——比研究正确的人生观还重要些的一个问题

有许多天性纯厚的青年,有许多好学如渴的青年,他们都说希望做一个"人"。他们是真诚的这样希望,没有一毫虚伪欺饰。

我们希望做一个人,我们应当研究"做人的第一步是什么"?有的人说,要希望做人,须先养成一种正确的人生观。这话是对的么?我可以说,这话不对。请问:因为你今天自信没有正确的人生观,真的遂不相信人应当做好人了么?真的遂不相信人应当做一个有益于社会的人了么?但十个人有九个都十分相信人应当这样,没有一点怀疑。然则你与有正确人生观的人,有什么分别?

你说你虽然知道人应当怎样,但是你不明白人为什么应当怎样。所以你相信便是因为这样,终究未能成为好人。所以你相信便是因为这样,要最先养成一种正确的人生观才好。然而你错了。你以为人明白了为什么应当做好人,他便会勇猛的去做好人么?谁不明白卷烟中间含有害人的尼古丁,所以不应当吸,但他能因此便不吸卷烟了么?更有谁不明白鸦片是杀人的东西,所以不应当吸,但他能因此便不吸鸦片了么?我们有几多明知应做而不肯做的事情?倘若你有了正确的人生观,你明知人应当怎样,你便能怎样做么?我敢说:你如不早些养成一种实践的习惯,则正确的人生观,对于你只好帮助一点谈话,作文的材料,决不能帮助你做一个人。

有的人说,要希望做人,我们只有从今天起不做坏事。这话自然是不错的。但是你相信你便能够不做坏事了么?你一定知道许多终身不杀人不放火的人,他做的坏事,比杀人放火还利害十倍。放弃职守的官吏议员,无形中给人恶影响的父兄师友,他们做的坏事,都是无形的,或者自己亦不觉得的。你自信你绝对没有做他们那样的坏事么?一般的人,为父母妻子的生活,为衣食居住的体面,不得已要去争夺饭碗、抢劫权利;不得已要去从事奔竞、贪恋权位。他们做的坏事,都是无法的,或者自己亦不愿意的。你自信你绝对不至于做他们那样的坏事么?

我们责备人家,诮骂人家,常常是很刻薄周到的。我们能用那一样刻薄周到的办法对待自己,我们就可以看出我们做了的坏事,或将来免不了要做的坏事,还多得很。我们要做人,决不能因为我们不觉得的做了坏事,或者没有法子的做了坏事,便原谅自己。我们要做人,定要有个把握,连这些坏事都不去做才好。

所以我敢说,做人的第一步,不是去研究那玄远的甚么正确人生观,以养成高谈阔论的习惯。我们要研究今天怎样教自己做事,然后真的且永久的能不做坏人。

青年要读书,不读书,你将来没有什么可以供献[①]社会。那便你纵然想帮助社会,亦没有什么可以拿去帮助。但是真有志的青年,你不要把读书太看重了。你要有把握能与恶社会奋斗;你要有把握能克服恶社会,然后你读的书,可以帮你为人类效力。倘若你不能奋斗,或你不能克服恶社会,那便你纵然读了书,你读的书,恰只够你拿去帮一般恶魔害人,以自己混一碗饭吃。所以真有志的青年,你固然要读书,你读的书,最要能帮你奋斗,最要能帮你克服恶社会才好。所以你最要能懂得社会,最要能懂得如何是改造社会最好的方法。你能克服而改造恶社会,你才不至于会受他们的引诱或逼迫,你才能达到你做人的目的。

自然我们同时不能不注意我们个人生活必需的各种知识与技能。自然亦有时候,因为我们在现在制度之下,有些知识与技能,虽然我们自己明知是不急要的,然而不容我们不学习他[②]。我们应当用几多力量学哪一种学科?我们应当比较多注意于哪一种书籍?我们应当按照我们做人的目的,怎样去选择,去学习,去应用他?这都是我们必须讨论的问题。这些问题的

[①] 供献:奉献。现多用"贡献"。
[②] 他:此处指上文提到的知识和技能,现多用"它"来指代。

切实而重要比研究人生观还要紧十倍。

除了读书以外,我们还要在做事中,应用我们在书本中所学习的知识。我们还要在做事中,寻来我们在书本中所未曾学习的知识。我们知道一点,便要勉强去做。做了以后,一定会发生困难。在困难中间,我们应研究这是证明我知道的道理不正确呢?还是这原来是免不了的困难呢?我们应研究要怎样改变我们的行为,或者我们要怎样避免或克服这样的困难。这都是我们必须讨论的问题。这些问题的切实而重要比研究人生观还要紧十倍。

我们不要只知望远,不知望近。我们不要只知力学,不知力行。我们真要做人,我们应当注意做人的第一步。

《学生杂志》第10卷第5号

怎样才是好人

人人都说他要做好人,有些人居然已经被人家认为好人了。

学校的操行分数列甲等,而且特别的颁发过操行的奖品奖状,这不十足的证明了,他成为一个好人么?

但若把这种事证明自己是好人,终未免太可笑了。

流俗的所谓好人,只是不杀人不放火。他虽然没有大的好处,但是谦慎和平,却很不惹人家嫌怨,人家亦找不出他的大错来。

学校所谓操行好的学生,更只是不犯校规,不麻烦惹事的学生。这样,教职员便自然要觉得他驯良而可爱了。

无论有许多所谓不犯校规的学生,他在校规以外,或者教职员严格监视的范围以外,不免仍要做许多虚伪不正当的事情;便令他能完全不做这些事情,他那种盲目的、被动的服从校规与教职员,根本原谈不上甚么"道德的价值"的一类话。

校规与教职员的命令,我们应当有一番判断,然后去服从他。我们亦不一定完全是服从,若是有不合理而应当反抗的地方,我们量自己的能力,有时候亦可以反抗。即使事实上不能反抗,我们亦只是忍辱而屈服,不一定都是象乖顺的儿子一样的去服从他。

孟子说:"以顺为正者,妾妇之道也。"现在学校里最提倡这一类妾妇之道。别的职业界亦很有些这种情形。但是妾妇之道,终是妾妇之道,不能因有合于这一道,遂自命为好人。

至于流俗所谓好人,正如孔子、孟子所说的乡愿。孔子曾说:"乡愿德之贼也。"我们要拿这个"贼"的言语行动,来与今日一般流俗所谓好人相比,最好请注意孟子所描写的。

孟子说:"非之无举也,刺之无刺也。同乎流俗,合乎污世。居之似忠信,行之似廉洁。众皆悦之,自以为是,而不可与入尧舜之道者,是乡愿也。"你看这几句话,活画出一个好好先生的"贼"样子来。

便是孔子不得中行而与之,亦只赞成进取的狂者,有所不为的狷者。他从来不肯饶恕那些混世虫的乡愿先生。活活的一班乡愿先生,偏要说他们是好人,他们自己亦相信是好人,大概这正是孟子所说"众皆悦之,自以为是"八个字的好注脚罢!

然则怎样才是好人呢?

第一,好人是有操守的。好人不因为许多人都做坏事,他亦做坏事。好人亦不因为许多人都不做好事,他亦不做好事。好人是自动的选他应做的事情。他不是刚愎专断,但是他决不因为人家的讥笑消骂,而无理由的改变他的行为。他看父兄师长，都只是一个人，至多是一个应当受他尊敬的人。但他决不能做他们的奴隶。他不能把他的行为，完全受他们盲目的或者谬误的支配，以丧失了他独立自主的人格。

第二，好人是有作为的。好人若是没有作为，他的好有什么用处？好人不是我们的玩具，不是我们拿来炫耀人家的装饰品。而且在今天复杂而不良的经济组织之下，一个只配做玩具装饰品的好人，他结果终不能保持其为好人。因为他很容易的被卖，或逼到自己不能不改变节操。所以好人不是一味老实的忠厚。好人少不了有眼光，有手腕。好人能正确的应付一切的问题，然后能够保持自己的好名誉，且做得出一些好事来。

第三，好人是要能为社会谋福利的。好人要有操守，但有了操守，若只做一个与世无关的独行者，这种好人要他有何用处？好人要有作为，但有了作为，若只拿去做一些损人利己的事情，这简直是一个坏人了。好人要有操守以站脚，能站脚然后能做事。好人要有作为以做事，能做事然后可以谈到为社会。好人的做事，要向着为社会谋福利的一个目标。好人的好，是说于社会有益。不于社会有益，怎样会称为好？

你愿意做好人么？做好人总要注意上面三件事。仅仅不坏的人，不能算好人。因为第一他不久要坏的。第二他这种好于社会毫无关系。

切不要把乡愿误认为好人。亦莫以为循妾妇之道，是甚么做好人的法子。要做好人，先硬起你的脊梁，多做事，多研究，多存心为社会谋福利。除了这，没有可以成好人的道理。

263

中国要有一万个好人,便可以得救。因为一个这样的好人,很容易引导指挥几万的庸众。

亲爱的读者!你愿意加入做一万个中间的一个好人么?

1923年10月20日《中国青年》第1期

你以为的曹伯韩

- 国学大师
- 文字改革的先行者
- 著名的语言学家
- 坚贞
- 忠诚
- 博学
- 严谨

曹伯韩

先进思想的引路人

实际上的曹伯韩

- 乐观豁达
- 青年的点灯人
- 工作狂人
- 忠贞不渝的战士
- 刚正不阿
- 笔耕不辍

曹伯韩

曹伯韩（1897—1959），原名典琦，湖南长沙人。他是我国著名的语言学家。

1921年，他加入社会主义青年团。1924年，他又加入中国共产党。其代表品有：《民主讲话》《青年自学论丛》《语法初步》《中国文字的演变》《语文问题评论集》《论新语文运动》等。

"五四"以后的国故整理

传统的经学，到了康有为，已经发展到了顶点，正统的考证学派（即古文派），到章太炎也可告一段落，过此以后，人们都采用新工具、新材料来研究中国古文化了。

完全采用新观点来整理国故，是从"五四"以后开始的。"五四"以后与"五四"以前的异点，在于批判精神的充分不充分。康、章二氏对于流俗之见虽然敢于批评，终于不敢彻底推翻传统的偶像，比方康氏要依傍孔子而传播民主政治的思想，章氏则始终不肯逾越汉代古文经学家的范围（他谈文字学，以许氏《说文》①为绝对可靠，反对旁人根据甲骨文、钟鼎文以批评许氏之说）。"五四"以后，胡适、梁启超、顾颉刚诸氏的整理国故，是没有丝毫偶像观念的。胡适曾说新思潮的运动对于中国旧有学术的思想，采取评判的态度，分开来说，

---

① 此处指的是许慎的《说文解字》。

第一，反对盲从；第二，反对调和；第三，主张整理国故。他解释第三点说，整理是从乱七八糟里面寻出一个条理脉络来；从无头无脑里面寻出一个前因后果来；从胡说谬解里寻出一个真意义来；从武断迷信里面寻出一个真价值来。第一步是条理系统的整理；第二步要寻出每种学术思想怎样发生，发生之后有什么影响效果；第三步要用科学的方法，做精确的考证，把古人的意义弄得明白清楚。

胡氏又说前人研究古书，很少有历史进化的眼光（以上所引，均见《新思潮的意义》一文）。这一点尤其足以区别今人与前人研究国学的精神。现在一般学者都有历史进化的眼光，所以再没有人硬派孔子做民主主义者，也不因为他的反民主思想而谩骂他。《新青年》杂志及《吴虞文录》上面的评孔文章，虽然不免缺乏历史观念（因为它们不大分析孔家思想的社会背景），但是它们的主旨在于反对不合现代生活的传统思想，并不是根本否定孔子之道在历史上的价值。自顾颉刚著《古史辨》以来，许多学者应用社会进化史的理论来整理中国古代史，考古学方面，也有若干创获，整理国故的工作在社会学帮助之下更开辟一新的道路，而清代学者支离破碎的毛病是绝不会再犯的了。

国学与世界学术

我曾说过,国学非中国人所能私有,它应当是世界学术的一部分。这点在外国人眼中,早已不成问题,如他们将我们重要经典翻译过去,对于我们近年研究国故的著作也很注意,择优翻译,而且他们有些研究中国文化的专家,咬着牙读我们佶屈聱牙①的古书,或者不远万里而来,发掘我们地底下的古物而带回他们的博物馆与图书馆去,他们又不断地考证研究,把研究的成果著为文章与专书发表出来。另一方面,我国有见识的学者也早已懂得这一点,所以他们采用世界学术上的新方法、新工具来研究国学,并且也利用外国的材料,例如研究声韵学,则采用ABCD之类的音标以代替旧有的"见溪群疑……"那一套工具,参考耶费孙、高本汉那些外国人的著作,并且也采取那些外国人以西藏语、蒙古语、缅甸语等东方语言与汉语比较

---

① 佶(jí)屈聱(áo)牙:(文章)读起来不顺口。

研究的方法；又如研究程朱的理学，而与西洋的亚里士多德、黑格尔哲学相比较，研究我国解释《易经》的象数之学，而与希腊毕达哥拉斯学说相比较；（以及应用技术方面，拿新医学的理论与方法来整理国医，研究国产药材；应用会计学、簿记学的理论与方法来改良中式簿记等项）：都可以说是具有世界的眼光，没有故步自封、抱残守缺的陋儒习气。

然而时至今日，还有一些坐井观天的人，机械地把国学和西学或科学对立起来，以为研究国学就可以不读外国书，甚至可以不要科学知识，那实在太可笑了！

不待说，现在国学和世界一般学术还是没有打成一片，浩如烟海的四库典籍，只是一堆杂乱混合的历史材料，亟待我们整理，我们固有的农、工、商、医等等应用技术尽有其特长之点，亟待我们的科学工作者自己加以发掘。凡此种种，都是我们对于本国学术的应尽之责，但必须了解国学在世界学术中的地位，才能有正确的研究方针。